素敵な圧迫

Lovely Pressure

Katsuhiro Go

呉 勝浩

角川書店

素敵な圧迫

目次

装丁　國枝達也
写真　iStock.com/dmitriymoroz

素敵な圧迫

1

いい隙間《すきま》を見つけると、胸が躍《おど》った。

まだ小学生になるかならないかのころ、押入れの隅っこに身体《からだ》を滑り込ませたことがある。冷えた木の壁に鼻先がくっついて、布団の弾力に背中を押された。襖《ふすま》を閉じると暗闇が、そして静けさがおとずれた。

抱擁《ほうよう》に似た、素敵な圧迫。以来、押入れの隙間に寝転ぶのが、蝶野広美《ちょうのひろみ》の密《ひそ》かな愉《たの》しみとなった。

成長するにつれ、身体が隙間を追い抜いた。押入れの圧迫はたんなる窮屈《きゅうくつ》になり下がり、それはまったく、広美を満足させなかった。簞笥《たんす》の引き出しは狭すぎたし、浴槽は広すぎた。誕生日に「ぴったりくる隙間がほしい」とねだったが、眉《まゆ》をひそめた両親は真面目に取り合ってくれなかった。それどころか隙間にはまる習性を叱《しか》られた。

どうやら世の中に、寝転べる隙間は多くない。隙間に寝転ぶこと自体、一般的ではないらしい。このさい寝転べずともよかったが、そういう問題でもないようだった。

通学路の排水溝、バスの長椅子の床。よさげな空間を目にするたび、その圧迫を想像し、むらむらするのを我慢した。教室の後ろに置かれた掃除用具入れ。いじめられっ子でなくちゃ閉じ込めてもらえない理不尽《りふじん》に歯嚙《はが》みした。

仕方なく、勉強に励んだ。上京を認めさせるため、大学のブランド力を利用した。念願の一人暮らし。このワンルームに、どんな隙間をこしらえようか。つないだネットで棺桶《かんおけ》のつくり方を印刷し、材料を求めホームセンターへ。しかしすぐ、まずいと気づいた。世話焼きの母親が来たときに、棺桶の言い訳は難しい。下手をして、病院につれていかれたらたまらない。

結局、冷蔵庫に行き着いた。トレイを抜き取った冷蔵室は、膝《ひざ》を抱えた広美をすっぽりとおさめてくれた。扉を閉めても、ぎりぎり痛くない範囲。寝転ぶことはできないが、ほどよい圧迫。ああ、気持ちいい――。

身体が、大きく跳ねた。

『自由をこの手に取り戻しましょう!』

若い男性の雄叫《おたけ》びが遠くから響いてくる。ラジオか何かの音らしい。

『この息苦しい社会の、腐った大人の、権力者たちの、好き勝手はもうたくさんだ!』

みんなで声をあげようぜ――絶叫が途切れ、いかにも機械的なアナウンサーの声が、国会がどうしたとかデモ隊の人数だとか強行採決の時期なんかを伝え、それがブチッと演歌に替わった。つづいてにこやかなトーク番組に、CMに、ダンスポップへと細切れに移り、そして消えた。

朦朧《もうろう》としていた意識が、現実に戻ってくる。

がくがくと、揺れは小刻みにつづいた。舗装道路じゃないようだと、ぼんやり思う。

手足を動かそうとしてみたが、上手《うま》くいかない。後ろに組まれた両手首、むき出しの両足首、どちらもきつく紐《ひも》で結ばれている。口にはガムテープだ。視界に光は見当たらない。

また、大きく揺れた。身体が前後にふられた。膝小僧がぶつかった。次いで後頭部に痛みが走った。ぶるるるるんと、エンジンの音だけが響いている。

忙《せわ》しなく騒がしい、なんて中途半端な隙間だろう。乱暴で息苦しい、なんといたわりのない圧迫か。

うんざりしつつ、広美は状況を整理する。

ここは車のトランクの中。行き先は山の奥。たぶん、ダム。

2

風間遼《かざまりよう》とは職場で出会った。二年前、広美が二十七歳の冬だ。大学を卒業し、とあるコンビニチェーンの本社に勤務していた広美は、販売戦略部四課に所属していた。飲料品を評価し、仕入れ量の検討資料をつくる部署である。

　新商品のアピールに訪ねてくる営業マンは何人もいたけれど、胃の底がぶるっとふるえる感覚に襲われたのは、遼と対面したときが初めてだった。のちに噂で聞いた。若いがデキる男。快活な口調と甘いマスクを武器に、メキメキと頭角をあらわしているホープ。どうやら独身。

　そんなことは、どうでもよかった。広美が目を奪われたのは、まず彼の服装だった。どこにでもありそうな黒いスーツの、仕立ての良し悪しはわからなかったが、それは彼に、ぴったりと合っていた。

　名刺を交換しながら、テーブル越しに商品の説明を聞きながら、広美は遼を観察しつづけた。すっと肌に寄り添う生地の、その二の腕の、絶妙なふくらみと締めつけ感に見惚《みと》れた。ジャストフィットしたツーボタン、ネクタイの結び目も完璧《かんぺき》だった。

　別れ際、立ち上がった遼の全身を眺め、まいった。身体つき、身長、腕の長さ。遠ざかってゆく太ももの張り具合に、問答無用でそそられた。

　この人に抱きしめられたなら、どんなに気持ちいいだろう。

　大学時代、サークルの女の子に誘われ男遊びに精をだしていたころ、広美は毎週のようにとっかえひっかえ、男に自分を抱かせてみた。相棒の子が彼氏をつくってフェードアウトするまで、のべ三十人くらいは試しただろうか。セックスが上手い男、おしゃべりが楽しい男、気配りができる男、イケメン、金持ち。本気で告白してきたインテリアデザイナー、惰性《だせい》で付き合いつづけた同級生。

いろんな男がいたけれど、ついぞ満足できる男には出会えなかった。

圧迫が、いまひとつ。

痩《や》せすぎも、太りすぎもいけなかった。優しいだけの抱き方や、力自慢もちょっと違った。隆々とした筋肉も、しょせん珍味にすぎないと気づいた。カサカサ肌、汗っかき、体臭、体温、動きの癖。人間である以上、要素は無限に存在し、そのすべてを満たすのは奇跡に等しいと悟った。そのくせ男は、生活に干渉してくる。わずらわしい。付き合った同級生とは卒業のタイミングで別れ、仕事が忙しくなるにつれ、広美のパートナーはコンセントを抜いた冷蔵庫に落ち着いた。吟味に吟味を重ね、圧迫専用に購入した真四角の箱は文句もいわず、毎晩だって広美をおさめてくれた。人肌の温《ぬく》もりや柔らかさが恋しい夜もあったけど、まあ仕方ないと自分にいい聞かせた。どうせ世の中に、完璧な圧迫なんてないのだから。

そんな彼女の、すっかり涸《か》れていた期待を、風間遼が潤《うるお》した。

ささいな用事を捻《ひね》りだしては呼びつけ、少しずつ距離を詰めた。遼に会うたび、冷蔵庫が物足りなくなっていった。

商談が一つまとまったおり、それらしいくすぐりを入れると、遼から食事に誘われた。少し焦《じ》らしてから承諾した。ほどよいランクのイタリアンレストラン、絶妙なムードのバー。ホテルの選び方まで遼はそつなく、手慣れていた。

彼に抱かれ、自分の目利きに自信をもった。反面、修業不足も痛感した。想像の何倍も、遼はよかったのだ。

理想的な肉づきだった。骨格が最高だった。過不足なく、広美がぴったりおさまるサイズ。しっとりしていながらべとつかない、肌質。さざ波のように押しては返す、力加減。こうなると、心拍音すら好ましい。

何より遼は、果てたあと、頼まずとも抱きしめてくれた。そそくさと下着を身につけたりテレビをつけたり、無遠慮に一服かます輩《やから》とはぜんぜん違った。休憩を一泊に変え、朝まで遼の懐に包まれた。彼の身体の突起や凹凸《おうとつ》が、息づかいが、広美の隙間を甘く満たしていくような、極楽と呼べる圧迫だった。

毎晩でも抱かれたいと願う広美に、やはり遼はそつなかった。のめり込むそぶりはなく、彼氏面《づら》をするでもなく、さりとて遊びの軽さはほどほどに、つかず離れず、大人の逢瀬《おうせ》を楽しみましょう。そんな配慮が随所に見られた。まあ、仕方ない。そもそも二人は仕事上の関係で、へんに揉《も》めるのは面倒だ。

それはわかっていたけれど、遼への想いはぶくぶくぶくぶくふくらんだ。遼のいない日、コンセントを抜いた冷蔵庫の味気なさにほろりと涙がこぼれた夜、決心した。思いのたけをぶつけよう。正式に恋人同士となって、毎晩抱きしめてもらうんだ。

結論からいうと、願いは叶《かな》わなかった。遼にフィアンセがいたからだ。

お馴染《なじ》みになったラブホテルのベッドの上で遼が語ったところによると、相手の彼女は大学生、二十歳になったばかりだという。ひょんな偶然で知り合い、連絡先を交換し、デートを重ねた。付き合って一年近くになるけれど、清らかな交際がつづいている。

結婚は、遼から切りだしたそうだ。向こうの両親は猛反対で、別れるよう命じられたが、めげずに粘った。持ち前の愛嬌《あいきょう》を発揮し、彼女の熱意のおかげもあって、どうにか認めてもらうにいたった。彼女が大学を卒業する再来年の六月に、式を挙げることが決まっている。

聞けば、大層な家柄のお嬢さまらしい。少なくとも炎天下の街を歩き、取引先に頭を下げる生活とはオサラバできる。広美だって悪くない給料をもらっていたが、大の男を贅沢《ぜいたく》させられるほどじゃない。勝負ありというやつだった。

「なら、仕方ないか」

ぽつりともらした広美の言葉に、後ろから抱きしめてくる遼が反応した。後頭部に、彼の顎《あご》がすっと当たった。

「ずいぶん、あっさりしてるね」

「だって仕方ないんでしょう?」

まあそうだけど……苦笑のような声がした。たぶんこれまで幾度となく、「お願いだから捨てないで」といった台詞《せりふ》をぶつけられてきたのだろう。

広美は昔から、素直にあきらめるタチだった。どんなに魅力的な隙間を見つけても、どうせ寝転べない。はまれない。あきらめが日常化した人生を、広美は送ってきたのだ。

しかしこのときばかりは、簡単に匙《さじ》を投げるわけにはいかなかった。

「結婚したいとはいわない。恋人じゃなくてもかまわない。だからこの先も、たまにこうして抱きしめて」

遼の二本の腕が、ぎゅっと広美を締めつけた。

「おれ、広美さんのこと、好きだよ」

くすぐったげなふりをしつつ、そんなことはどうでもいい、と広美は思っていた。抱きしめてくれるかくれないか。重要なのはそれだけだ。

なんならセックスも不要である。抱き枕として扱ってほしいのだ。さすがに気味悪がられるだろうと思い口にするのは控えたが、これが広美の本音だった。

抱きしめられたまま、痛感する。この圧迫は、やっぱりいい。

まだしばらく先の話だよ、それまでゆっくり、二人の時間を楽しもうよ——。いずれ別れる気でいる浮気男の常套句《じょうとうく》みたいなささやきではあったけど、いちおう真実も含まれていた。先のことは、わからない。

3

遼との密やかな関係が一年を過ぎたころ、上司から声をかけられた。デスクではなく個室へ連れていかれた。ぶよぶよの身体をゆさゆさ揺らす課長の背中を追いながら、嫌な予感がした。

「実は」あふれる脂汗をハンカチでぬぐいつつ、課長が口を開いた。「君に会いたいという人がいるんだ」

ほら、夏の、パックジュースの陳列企画をえらく気に入ってくれたそうでね、ぜひ担当者と話してみたいと仰《おつしや》っててーー。

「あれ、君のアイディアだったろ?」

店頭にワゴンを設置し、四角いパックジュースを敷き詰める企画だ。縁日の屋台を真似したものだが、氷や水の代わりにドライアイスで冷やす点がこだわりだった。パックジュースは水に弱い云々《うんぬん》とならべた御託《ごたく》は御託にすぎず、みっちり隙間を埋めてみたいというだけの冗談みたいな提案だったが、なぜか採用され、思いのほか参加店が増え、まずまずの成功を収めた。

それにしてもおかしな話である。本来、広美は販促キャンペーンの担当ではない。持ち回りで参加した社内コンペの企画がたまたま上手くいったにすぎないと、外部の人間でもピンときそうなものなのに。

「先方は有名な大企業の、創業者のご親族さまだ。責任をもって、我が社の魅力をしっかり伝えてくれなくちゃ困るよ」

粗相《そそう》をするな。そしてできれば、上司である自分のこともしっかり売り込んでおいてくれ。断る理由も権限もなく、広美はすぐさま待ち合わせの場所へ向かった。会社の最寄り駅からほど近い、高級に入る部類のホテル。その最上階にあるカフェバー。

「花岡《はなおか》です」

予想は当たった。貸し切り状態の店内で待っていたのは、うら若い女性だった。おそらく二十歳そこそこくらい。きらりと光るネックレス、指輪、羽織《はお》ったカーディガンまで、ちょっとやそっとじゃ手が出ない代物《しろもの》だろう。

「面白い企画だと、彼がいっていました。パックジュースを取り上げたのが目新しいって」

まどろっこしい腹の探り合いはなしだった。夏の企画が通ったとき、広美はそれを遼に伝えている。パックジュースの仕入れが増えるよ、と。

街を見下ろす窓を背にした花岡は長い指を組み、驚くほど可憐《かれん》にほほ笑んだ。「おかげで成績が上がったんですって」

でも——と、細い首を傾《かし》げる。

「でも、そういうのってどうなんでしょう。わたし、お勤めの経験がないからよくわからないんですけど、何かこう、ズルって感じがしません?」

抗弁の暇《いとま》はなかった。「まあ、どっちでもいいんですけどね。彼は喜んでいるし、もし問題になったところで、どうせ辞める会社ですもの」

ウェイターがテーブルにやって来た。豪勢なパフェを花岡の前に置く。スマートフォンで写真を撮りつつ、彼女が訊《き》いてくる。

「蝶野さん、でしたね」

ええ、と広美はうなずく。

「お生まれは静岡《しずおか》県で合ってらっしゃいます？」

ええ、と広美はうなずく。

「O型、うお座。一五三センチ、四〇キロ。これは今年の健康診断のときの数字ですから、今は少し違うかしら。実家ではお父さまとお母さまの三人暮らしで、お父さまは家電量販店の店長さん」

この調子だと、卒業文集のタイトルまで挙げられそうだ。

「SNSはやってないみたいね。ブログも」パフェの写真を撮り終えたスマホをいじりながら、上目遣いに見やってくる。「遼くんもそうだけど、今どき珍しくないですか？　楽しいのに」

「花岡さま」

「『さん』でけっこうよ、広美さん」

では――、と姿勢を正す。

「花岡紗彩《さあや》さん」

花岡の目が、かすかに尖《とが》った。

「わたしのような者に興味をもっていただけて光栄です。わたしは花岡さんのことを、ほとんど存じ上げませんが、あなたがたいへん魅力的な、気立てのよい女性だという噂は聞いております」

当然、遼から。

「こうしてお会いして、噂の正しさを知りました」

「つまり？」

「とうてい敵《かな》わないと理解しました。張り合おうなんておこがましい」

花岡は椅子に背をあずけ、顎に手を当てた。値踏みするような目が、しばし広美を見下ろした。彼女の、反らした胸の膨らみが目に入る。趣味の問題ではあろうけど、この点でも広美に勝ち目はなさそうだった。

「もともと初めから、張り合う気もありませんし」

「思った通り、聡明《そうめい》な方」

花岡が、わざとらしい笑みをつくった。

「憧《あこが》れちゃうな。広美さんのキャリアウーマンって雰囲気。ドライでクールっていうのかしら？　自分の力で生きてる感じ。わたしはぜんぜん駄目。昔からおっとりしてるといわれるし、向上心が足りないってよく叱られる。一人じゃ何もできないの」

その笑みのまま、すっと顔を寄せてくる。

「だから、ちゃんと支えてくれる男性が必要だと思ってる。誠実で優しくて、頼りになって、決して裏切らない人」

まばたきもせずに見据えてくる。

「だって苦手なのよ。競ったりするのが嫌なんです。誰かと何かを取り合うとか、奪い合うとか、疲れるでしょ？　そう思わない？」

「――ええ、わたしも苦手です」

「よかった」と、目を細める。「広美さんがそういってくれて、ほっとした。探偵さんを雇いつづけるのもお金がかかるし、裁判なんてことになったら恥ずかしいものね」

とどめのように加える。「お仕事に支障がでるのも困るでしょう？」

「もちろん――」と、広美は応じる。「困ります」

花岡が、満足げにうなずいた。

「わたしたち、気が合うかも」

そうですね、と相槌《あいづち》を返しながら、広美は自分の身体の強張《こわば》りを感じていた。

「お仕事中に呼びだしてごめんなさいね」

「いいえ。では――」

「ええ、さようなら」

立ち上がり踵《きびす》を返すと、いつの間にか入り口に数人の男が立っていた。背広姿にサングラスをした大きな男と、若いチンピラ風が三人。席を探すそぶりもなく、彼らはじっとこちらを睨《にら》んでいた。

ああ、脅《おど》されているんだと、実感した。


その夜、冷蔵庫におさまりながら、広美はいろいろ考えた。これまでにないくらい、考えた。人生初の、身の危険。天秤《てんびん》のもう一方に、人生最高の圧迫がのっている。こんなにも悩ましい選択があるのかと、身もだえしそうだった。

あの女は、やるだろう。どれだけ用心したところで探偵には敵わない。遼と関係をつづければ、ほどなくサングラスの男かその手下が広美の前に現れるのだ。そして無残な仕打ちをされるのだ。そんなの嫌に決まってる。

けれど得られる圧迫は、凄《すさ》まじい。人生を懸《か》けてしまいそうになるほどだ。この悦《よろこ》びに勝るものなどないんだと、追いつめられてはっきりわかった。うれしいような、うんざりするような発見だった。

手放すには惜しすぎる。けれど破滅はしたくない。この素敵な圧迫を、可能な限り長引かせる方法はないものか。パックの栄養ゼリーをじゅるりとする。もはや冷蔵庫は、気休めにすぎなかった。

4

「嘘だろ？」初め、遼はそうもらした。しばし絶句し、「嘘だろ？」と繰り返した。

花岡紗彩から警告を受けた二日後、店舗視察を口実にオフィスを出た広美は、客の少ない喫茶店を選んで遼を呼びだした。颯爽《さっそう》と現れた彼の顔は、広美の説明を聞くうちに青ざめていった。

「おそらくまだ、探偵があなたをつけていると思う」

遼が慌てて辺りを見回した。地下の店に窓はなく、白髪《しらが》のマスター以外に人目がないことは明らかなのに、ごくりと唾《つば》を飲む。

「おれは、何も聞いてない」

君についても話してない、夏のキャンペーンのことだって、話のネタにしただけだ——遼は疑う気になれないほど脂汗を流し、唾を飛ばした。おしぼりで額をぬぐい、内緒話のように声を潜める。「なんで、いきなり君のところへ？」

「さあ。穏便に片をつけたかったんじゃない？」

余計なことをっ、と吐き捨てる遼を哀れに思った。

広美は別の答えをもっている。おそらく花岡紗彩は、こうなることを予想していたのだ。脅せばふたりは会わずとも電話で、少なくともメールで、別れ話をするはずだ。遼は簡単に納得しない。女を手玉に取ってきたプライドが、黙ってフラれることを良しとしない。必ず理由を問い詰める。問い詰められれば花岡とのやり取りを明かすしかない。別に口止めをされているわけでもないんだし。

目の前でうろたえる遼の反応こそが、花岡紗彩の目的なのだ。今、間違いなく彼に刻まれた感情。花岡紗彩に対する恐怖。

見事なものだと、広美は感心していた。自分と遼の力関係を把握《はあく》し、性格を見抜き、将来まで見据えた対応。あれでまだ学生というのだから末恐ろしい。

ただ一点、花岡紗彩は見誤っている。

世の中に、あなたの常識が通じない人間がいることを。

「じゃあ……」遼が、切迫した泣き笑いを寄せてくる。「仕方ないよな？　バレちゃったんだもんな。おれにフィアンセがいることは知ってたもんな？　ひと時のバカンスだって、お互い納得してたよな？」

広美は遼を眺めた。出会ったころに比べ、少し太った身体。張りが失われた肌。ぞんざいになりはじめているセックスや抱擁を思い返し、時間の流れを感じた。

「きれいに別れよう。美しい思い出のまま、胸に秘めてさ」

「もう会わないということ？」

「それは、そうだ。職場には配置換えを希望する。そっちから打診してくれてもかまわない。どうせ来年、彼女が卒業したら辞めるんだから平気さ」

平気なのはあなただけ――そんな皮肉は控えた。

「まさか、ゴネる気じゃないだろ？」

「ゴネる？」

「別れないとか、いわないだろ？　いや、ごめん。広美さんはそういう人じゃないよな。しつこい女は嫌いだろ？　恰好《かっこう》悪くて、みじめだと思うタイプだろ？　わかるよ。おれはそんな広美さんに惹《ひ》かれたんだから」

「たしかに、泣いたりわめいたり、すがりついたりは得意じゃない」

「だよな？　そうだと信じてた。やっぱり広美さんは素敵な女性だ」

「でも」

そう発した瞬間の遼の顔。ぎろりと血走った目は、まるで漫画のひとコマみたいだ。

「つまらない脅しに屈するのも癪《しゃく》にさわる」

「馬鹿っ」

その怒鳴り声に、カウンターのマスターが眉をひそめていた。

「脅しだって？　そんな甘いもんじゃない。あの子は――紗彩は本気だ。じっさい、おれは聞いたことがある。高校時代の、彼氏の浮気相手がどうなったかを」

広美は身を乗りだした。「どうなったの？」

「……詳しくは聞いてないけど、少なくともその子は学校を辞めて家族ごと引っ越したらしい」

「つくり話じゃなく？」

遼は口をつぐみ、うつむいた。すぼめた肩の震えは演技には見えなかった。

やっぱり花岡紗彩は、やる女なのだ。

「彼女を悪く思わないでほしい。さみしがり屋なんだ。おれは、そんな彼女の支えになってあげたいんだ」

嫉妬《しっと》深いとも独占欲とも、お金のためとも、遼は口にしなかった。いっそ潔《いさぎよ》いと広美は思う。

「とにかく、おれたちは終わりにするしかない。こんな関係をつづけても、みんな不幸になるだけだから」

「ねえ、遼」

立ち上がりかけた遼が、腰を浮かせたままこちらを向いた。懇願するような顔だった。

「わたし、別れる気はない」

嘘だろ、というふうに、遼の口がぽかんと開いた。

嘘だろ、と彼が発する前に、広美はいった。

「無理をいうつもりはない。ただ、たまにでいいから、抱いてほしい」

「無理だ！」遼が目をひん剝《む》いた。「探偵に見守られながらホテルに行けってのか？」

「ホテル以外にも場所はある。なんなら会社でこっそり――」

「いい加減にしてくれっ」

遼の拳《こぶし》がテーブルを叩《たた》いた。

「むちゃくちゃだ。冷静になれよ。おれにその気はないんだぞ？　なんなら彼女に事情を話してもいい。頭を下げれば許してくれるさ。その後につきまとってみろ。自分がどうなるか、わからないのか？」

カフェバーの入り口に立っていた男たちが脳裏に浮かぶ。ぞっと全身に鳥肌が立つ。

その感情を抑え込み、広美は遼を見据えた。

「憶《おぼ》えてる？　夏のキャンペーンが終わったころに送ったメール」

えっ……と、遼が口ごもる。販路拡大を命じられていた遼へ、社内に蓄積されたフランチャイズ店の情報をメールした。オーナーの誕生日や家族構成、人柄、趣味まで、可能な限りを伝えた。その情報をもとに遼は、夏のキャンペーンのお礼という名目で個別営業をかけた。

「ずいぶん役に立ったでしょう？」

事実その後、遼が担当する商品の受注はのびた。

「わたしが送ったメール、あなたからの返信、ぜんぶ残ってる」と、広美は自分のスマートフォンを掲げて見せた。

「わかってると思うけど、社外秘の情報よ。もちろん個人情報だし」

「それが、なんだってんだ」

「『有名コンビニチェーンのOLとメーカー営業マンのずぶずぶな癒着《ゆちゃく》と不正』。センスのある見出しじゃないけど」

「おれがどうこう以前に、君が処分される」

「仕方ない」

啞然《あぜん》とする遼に向かって重ねる。「あきらめるのは得意なの。あなたのこと以外は」

この段階でようやく遼は、広美が常軌《じょうき》を逸していると悟ったようだった。

「――君がふざけた真似をしたところで、痛くもかゆくもない。仕事は辞めるといってるだろ？　彼女だって、おれを信じてくれるはずだ」

「そうかも。でも、彼女のご両親はどうかしら。情けない醜聞《しゅうぶん》が耳に入っても、あなたとの結婚を許すと思う？」

表情を失くしていた顔が、みるみる真っ赤に染まった。目元の皺《しわ》が、卑怯者《ひきょうもの》め、と叫んでいた。

広美は、柔らかな笑みをつくった。

「安心して。本当に、無理はいわないから」

週に一度、会社のメールを使い約束を交わす。待ち合わせは人ごみで、時間は三十分以内。この取り決めに、遼はいささか拍子抜けした様子だった。食事もなし、泊りもなし。すなわちセックスもなしである。会話さえままならない。

広美の希望はただただ、抱きしめさせることだった。

たとえばライブハウスで、たとえば競馬場で、たとえば満員電車で。時刻を示し合わせ、おおよその場所を決め、二人はまるで偶然のように近づき、事故のように身体を添わせた。

そのたび、脊髄《せきずい》に電流が走った。細胞という細胞が、悲鳴を発する。もう戻れない——そんな確信を覚える快感だった。

写真を集め、部屋の壁を埋めてゆく。見られているという妄想だけで、広美の気持ちは昂《たか》ぶった。あるいはこれが、恋という感覚なのかもしれなかった。

すれ違いに似た逢瀬を重ねるにつれ、丸くなりかけていた遼の身体が引き締まっていった。正しくは、やつれていった。抱擁の最中、「もうやめにしないか?」「そろそろ許してくれ」「いいかげんバレてしまう」ささやかれる泣き言を、広美は相手にしなかった。粛々《しゆくしゆく》と圧迫を愉しみ、適当な場所を探して一週間後に連絡を入れる。その日がくるまで会社帰りの夜道をぞくぞくしながら歩く。部屋の写真に囲まれ過ごす。胸を高鳴らせ、待ち合わせの場所へ。人ごみで抱き合い、別れ、また連絡する。こんな日々が、二ヵ月、三ヵ月とつづいた。

十月の末日、ハロウィンの夜、歩行者天国になった交差点の真ん中で「来月いっぱいで退職する」と遼に告げられた。「ああ、そう」と広美は返した。遼のあっけにとられた顔が、一瞬で険しくなった。広美の肩を両手で摑《つか》み、睨みつけてくる。どすの利いた声でいう。「退職までという約束だったはずだ」

「気が変わったの。結婚式まで付き合って」

「ふざけるなっ」

向かい合う二人のそばを、仮装した若者たちが陽気に通りすぎてゆく。

「おれの人生をめちゃくちゃにするつもりか？」

花岡紗彩の存在を明かされたとき、遼はくどくどと、そして遠回しにこういっていた。自分はあまり裕福でない家庭に生まれた。この先、才能と努力だけでのし上がるには限界がある。時間もかかる。周りを見返したい、親にも楽をさせてやりたい。花岡紗彩というチャンスを逃す気はない。絶対に。

ならば浮気などしなければいいのに――そんな野暮《やぼ》は口にしない。今となっては彼らの清い交際と遼の旺盛《おうせい》な性欲に、むしろ感謝している。素敵な圧迫に出会えたし、彼を追いつめる罪悪感が薄れるから。

「時間はいいの？　これから彼女と待ち合わせなんでしょう？」

遼が、じっとこちらを見つめてきた。嚙み締めた口もとが震えていた。

次の週、待ち合わせの場所を伝えるメールに、遼から返信があった。

『君の部屋で会おう』

遼が部屋に来るのは初めてだった。手にした紙袋の中から高そうなシャンパンを取りだし、わざわざ買ってきたというグラスに注ぎながら、吹っ切れたよ、と彼は笑った。どうせ結婚まであと半年、だったら楽しむのがおれの流儀だ。そうと決まれば、ほら、飲もう。お互い明日《あした》は仕事も休みだし、朝まで付き合ってもらうからな――。

機嫌よく乾杯し、グラスを空けてゆく。おつまみの用意も、お代わりの酌《しゃく》も、すべて遼がやってくれた。彼は饒舌《じょうぜつ》だった。どんどん酒をすすめてきた。シャンパンがなくなると、冷蔵庫で冷やしてあったワインを運んでくる。さあ、飲んで。

日付が変わりかけた時刻、スマホを貸してくれと請われた。調べものをしたいんだけど、おれのは電池が切れかけてるんだ。スマホをいじる遼を眺めながら、広美は彼が、ほとんど酒を飲んでいないことに気づいた。

君は誰か、友だちとか家族とかに、おれとの関係を話したりした？

いいえ。

会社のパソコンにメールは残してる？

いいえ。

じゃあ、このスマホだけが、おれと関係してる証拠なわけだ。

そうね。

いいの？　おれ、それを消しちゃうかもよ。

そうね。

スマホを握る遼が一瞬、鋭い目つきを寄越《よこ》してきた。広美は黙って、見返した。

遼が部屋を見回した。どこかおかしくなっちゃったんだろうな――と呟《つぶや》いた。初めからよ、と広美は返した。そうだね、と遼が応じた。

ふらっと視界が揺れた。意識が遠のいてゆく。抗《あらが》いがたい、睡魔に襲われる。

ごめんね。でも、悪いのは君だ。

遼がスマホを床に置いた。画面が目に映った。『自殺　名所』という検索ワード。山奥に建つダムの写真。手袋をはめる遼の姿がかすみ、広美の記憶は途切れた。

5

ごっごっごっ。

車体は揺れつづけている。むしろ激しくなっている。山道を走っているのだ。いつ目的地に着いてもおかしくない。

自殺の名所を検索したスマホは部屋に残ったままだろう。危ないメールを探して消して、もしかすると遺書らしきものを打ち込んでいる可能性もある。タッチパネルの指紋は消しやすい。眠る広美の手を押しつければ万全といったところか。

無断欠勤に気づいた会社の人間が自宅を訪れるのは、早くても二日後の月曜日。自殺で片づけば御《おん》の字。疑われても、逃げ切るつもりでいるのだろう。

愚かな男だと思う。しかし愚かというなら、そんな男を追いつめた自分のほうがはるかに上だ。調子にのって油断して、殺されかけているのだから。

目が覚めてよかった。本当に。

揺れがやんだ。車が停まる。エンジンの音が消える。

バタン、という音。近づいてくる足音。トランクが、ゆっくり開く。見下ろしてくる男の目の、尋常でない鋭さが、闇の中でもわかった。

「起きてたのかよ」

遼が舌を打つ。わずかに怯《ひる》んだ気配。「くそっ」という苛立《いらだ》ち。

両手両足を縛った自殺などない。口のガムテープもあり得ない。まさか殴りつけるわけにもいくまい。

「くそっ」

もう一度、遼が吐いた。駄々っ子のように地面を踏んで頭を掻《か》きむしった。

落ち着けといい聞かせるように、天を仰ぎ、深呼吸をする。顔が引きしまった。後戻りはできないという、彼の決意が読みとれた。

「声をだすなよ。乱暴はしたくない」

いいながら、ガムテープを指でつまむ。ゆっくり剝《は》がしてゆく。

「叫んだって無駄だ。このダムはもう使われてない。誰も助けにはこない」

ガムテープがなくなり、呼吸が楽になった。広美はトランクに寝転んだまま、遼を見上げた。

「飲むんだ」

錠剤を差しだされた。睡眠薬だろう。

「そうすれば、楽に終わる」

「……バレないと思ってるの？」

「バレないさ。さみしい独身女の身投げなんて、世の中にあふれてる。いちいち詳しい捜査なんてするわけない」

甘い願望にすぎないとあげつらったところで、耳を貸してくれそうになかった。

広美は事務的な質問をした。

「ここはどこ？」

「どこだっていいだろ」

「自分の死に場所くらい知っておきたい。教えてくれたら、それを飲んであげてもいい」

迷いを見せながら、遼が地名を口にする。広美のマンションからずいぶん離れた他県の山奥だった。

「気が済んだか？」

　錠剤をねじ込もうとする遼に向かって、広美は思わず苦笑をもらした。

「何がおかしい？」

「何がって――」

「おい、大人しくしろ」

　ごめんなさい、と広美は答える。がんばって笑いをこらえる。その様子に、遼が落ち着きを失くしてゆく。

「何がおかしいんだ」

「だって、遠すぎる」

　遼は意味がわかっていないようだった。

「どうやって、わたしがここまで来たことにする気？」

「どうやって？」

「歩いて来られる距離じゃないでしょ」

「……車で来たことにすればいい」

「その車は、どこにあるの？」

　間抜けに口を開き、遼は呆然《ぼうぜん》としていた。

「——電車だ。途中まで、電車を使ったんだ」

「それなら防犯カメラに写ってそうなものだけど……」

「たまたま写ってなかったんだ！」

たしかにあり得なくはないかも——と返して尋ねる。

「わたしのスマホは部屋に置いてきた？」

遼はうなずかなかったが、答えは明らかだった。

「この場所を検索したのは何時だったかしら」

遼の動きが、完全に止まった。

「その時刻に、電車はまだある？」

遼があえぎはじめた。泣きそうな顔ですらあった。

「……どうにかなる。ごまかせる範囲だ。君は自殺の場所をスマホで検索して、歩いてここまでやって来たんだ」

「ねえ、遼」

「大丈夫だ。自殺する人間の心理なんて、誰にもわかりゃしない」

「ねえ」

「うるさいっ！　黙れ」

「写真は処分した？」

遼が、目を見開いた。

「あなたが突然ウチに来るなんていうものだから、わたし、急いで隠したの。部屋の壁に、たくさん貼っていたやつを」

「嘘だ」

尖った声が返ってきた。

「やばいものがないか、部屋の中は調べた。写真なんて一つもなかった。本棚にもクローゼットにも――」

「冷蔵庫」

「は？」

「冷蔵庫も、ちゃんと確認した？」

「……ない。なかった。ワインを取るとき、のぞいてる」

「二つ目は？」

「二つ目？」

「キッチンの縦長のやつじゃなく、リビングの隅にある、小さくて四角いほう」

コンセントを抜いた、圧迫専用のやつ。

「隠したのは、そこ」

遼は一瞬息をのみ、それから引きつった笑みを浮かべた。

「別に、君との関係がバレたって平気だ。君はおれに熱をあげて、フラれて自殺したんだよ。いや。だいたい写真なんて、君に撮らせた憶えはない。ちゃんと用心してきた」

「SNSで拾ったのよ」

「おれはそんなもんやってないっ」

「花岡さんはやってるでしょ？」

「え？」

「彼女、本名で登録してたから」

すぐに見つけられた。

「……おれの写真は投稿してないはずだ」

「そうね。でも、自分の写真はたくさんあった」

何枚も何枚も。

「わたしが飾っていたのは、彼女の写真」

「……紗彩の？」

遼はぽかんとしていた。

「自殺したわたしの部屋からその写真が見つかったら、きっとたいへんな迷惑をかけてしまうでしょうね」

青ざめた遼が、強がるように声を荒らげる。「今から戻って、処分すればいいだけだっ」

「パソコンにも残ってる」

「パソコン……」

「パスワードは、死にたくないから教えない」

遼はいい返してこなかった。

代わりに、「なんで紗彩の?」と、心底不思議そうに首を傾げた。当然の疑問だろうと、広美は思う。

だってあの人、すごい圧迫だったんだもの。

あなたにはわからない。花岡紗彩にもわかるまい。ホテルの最上階のカフェバーで覚えた、身の毛がよだつ快感を。

あれを求め、広美は遼と会いつづけた。花岡紗彩の視線を感じながら、抱きしめられた。身体よりも心で、味わった。

恐怖ともスリルとも一線を画した、それはやはり圧迫だった。とても素敵な、圧迫だった。

「ねえ、遼。聞いて。わたし、死ぬのは嫌。痛いのも嫌。あなたが本気なのは充分わかった。潮時だって理解した。会おうなんて、もういわない。助けてくれたら、今夜のこのこともぜんぶ忘れる」

だから——。

「このつまらない圧迫を、早く解《ほど》いてちょうだい」

6

晴れ晴れとした日曜の昼過ぎ、おめかしをした広美はマンションにタクシーを呼んだ。ドレスをまとうのは久しぶりで、ちょっとそわそわした気持ちでシートに座った。

住宅地を抜け、大通りに出る。道は混雑していた。とろとろと、広美を乗せたタクシーは進んだ。

「まーた、変な法律が通っちゃったなあ」

ふいに運転手が声をあげた。彼の目は、ニュースを報じるカーラジオへ向いていた。

「お客さん。これ、まずい法律みたいですよ」

「どうまずいんです？」

「そこは難しくてよくわからないんですけど」

運転手がかぶりをふった。

「でも、どうにかしないといけませんよ」

「どうにかって？」

「いや、それは、よくわかりませんけども」

彼が盛大なため息をつく。

「あー嫌だ嫌だ。あくせく働いているうちに、どんどん変な世の中になっちまってね。気が滅《め》入《い》りますよ。ねえ、お客さん、そう思いません？」

そうですね、と返しながら、自然と笑みがこぼれた。

なるほど、それもアリかもしれない。

遼と出会ってからの二年半で、広美は学んだ。素晴らしい圧迫は、肉体に限らないこと。やりすぎれば危険が伴うこと。

次はもっと上手くやれる。しかしそんな出会いが、そうそうあるとは思えない。今日この日を最後に、味気ない生活がつづくのだとあきらめかけていた。

けど、そうか。生きていればいいだけなんだ。そうすれば向こうから、圧迫は勝手にやってくる。

できるだけ安全に、末永く、包まれてやろう。

「ラジオ、もう少し音をあげてくれます？」

フロントガラスの向こうに、背の高いビルが見えた。駅のそばの、高級に入る部類のホテル。

風間遼と花岡紗彩の結婚式に、広美は向かっている。

ミリオンダラー・レイン

＊

一九六八年（昭和四十三年）、十二月十日、午前九時二十分頃──。

土砂降りの雨の中、日本信託銀行国分寺《こくぶんじ》支店を出発した現金輸送車──黒塗りのセドリックが府中《ふちゅう》刑務所の塀沿いを走っていた時、後ろから追ってきた白バイに停車を命じられた。

「この車に爆弾が仕掛けられているかもしれない」

そう告げる白バイ隊員の言葉に信憑性《しんぴょうせい》があったのは、同月六日、同支店長宛てに脅迫状が届いていたからだった。

運転手ら四人が指示に従い車を降りると、若い隊員はセドリックに近づいて車体の下に潜り込んだ。やがて車から白い煙が上がった。遠巻きに眺める四人の目前で、隊員はセドリックに乗り込み、そのまま走り去った。あとには発煙筒と、白く塗られた偽の白バイが残されていた。

セドリックに積まれていたのは東芝府中工場の従業員に配られるはずだったボーナス、およそ三億円。現在の貨幣価値で二十億円ともいわれる金額を強奪した犯人たちは捕まるどころか、素性すら明らかにならぬまま、事件は時効を迎えた。

世にいう「三億円事件」である。

1

靴の中がずぶ濡《ぬ》れなのは、深い水たまりを踏んづけたせいだった。

足の裏から伝わるねっちょりとした感触が全身を不快にした。腹いせに唾《つば》を吐くと、駅の庇《ひさし》の下でフォークギターを鳴らす男のそばに飛んだ。スカした丸いサングラスがこちらを向き、今にも立ち上がる気配を見せた。

足を止め、笠井《かさい》芳雄《よしお》はサングラスの青年を睨《にら》みつけた。西口の改札前には仕事帰りのサラリーマンがあふれ、彼らは芳雄の不穏な空気に一瞥《いちべつ》を投げつつ流れていった。みなが一様に手にした傘の中で、骨が折れ、穴が空いているのは芳雄が持つ一本だけのように思われた。

威嚇する芳雄の目つきに、サングラスの青年は唇を歪《ゆが》めて顔を逸《そ》らした。舌打ちでもしたのだろう。背を向けた芳雄は、舌を打ちたいのはこっちだと思った。

夕刻、同い年の藤本《ふじもと》優作《ゆうさく》が職場に電話を寄越《よこ》してきた。仕事が終わり次第新宿《しんじゅく》へ来いという。ほったらかしの借金があって断れず、雨の中、サドルのない廃棄自転車を漕《こ》いだ。途中でチェーンが切れ、拾った傘には穴が空いていた。おまけに水たまりを踏んだのだ。新宿のケバい街並みに薄汚れた職場のツナギは野暮ったく、これも面白くなかった。

空に突き出る伊勢丹の丸看板を当てにしてゴールデン街の方角へ進むにつれ、背広の人波に風体のわからぬ者たちが混じり始めた。バンカラふうの集団や長髪の連中、テキヤもどきの奴。ボロをまとった年齢不詳の男が雨に打たれるまま寝そべっている。芳雄はうつむき、彼らとすれ違った。

待ち合わせの大衆酒場は湿気と熱気でむせ返るほど混み合っていた。脂ぎった男たちが酒を呷《あお》り、飯を食らい、そこここで大きな笑い声や怒鳴り声が響く中を、肩をすぼめて進んだ。

奥のテーブルに座った藤本がこちらに気づくや貧相な子犬みたいな顔を赤くして「遅い」と吠《ほ》え、対面に座った見知らぬ男に「こいつが笠井です」と、芳雄を紹介した。

「よろしく」男は肩まで伸びた髪を払いながらサカキと名乗り、気取った仕草で煙草を吹かした。

偶然の相席という雰囲気でないことに、芳雄は嫌な予感を覚えた。経験上、藤本の知り合いにろくな奴はいない。

「グループサウンズなんて奴隷文化の音楽さ。ブルジョワが撒《ま》いた餌に尻尾《しっぽ》を振るなんて、実存的可能性の放棄にほかならないよ」

店内に流れる沢田研二《さわだけんじ》の歌声に、サカキは煙を吹きつけた。どうやら予感は的中だ。

「まあ、飲め。ここはサカキさんの奢《おご》りだ」

取りなす藤本の酌をひと息に流し込み、ならば食おうとレバニラ炒《いた》めを二皿注文した。

サカキは饒舌《じょうぜつ》に喋《しゃべ》り続けた。大衆だ闘争だ、ベトナムだ安保だ。聞きかじった単語が芳雄を素通りして飛び交った。訳知り顔で頷《うなず》いている藤本が間抜けに見えて仕方がなかった。

ひたすら空腹を満たすことに専念し、レバニラの皿が空になりかけた頃、店の外をオートバイの集団が駆け抜けていった。マフラーの芯《しん》を抜いた爆音が中央公園のほうへ遠ざかっていく。下宿のある武蔵野《むさしの》でも珍しくないカミナリ族の騒音が、今夜は無性に腹立たしかった。

「嫌いかい？」

芳雄の渋面《じゅうめん》に目ざとく気づいたサカキが愉快げに訊《き》いてきた。

「好きな奴がいるのか？」

凄《すご》むような返しを、「改造車のおかげで食ってる奴がよくいうぜ」と藤本が茶化した。

芳雄の勤める整備工場がエンジンを積んだ乗り物ならなんでも扱い、金さえもらえば違法改造も平気で請け負っているのは事実だった。

車や単車が買える小遣いをもらい、騒音を撒き散らしていい気になっているカミナリ族の馬鹿どもを相手にするたび、芳雄はぐつぐつと煮えたぎるものを感じた。そんな態度が見つかると社長に頭をはたかれる。「何様だっ」と、もう一発小突かれる。やり返そうにも、クビになっては飯が食えない。左翼の言葉など胡散臭《うさんくさ》いけれど、搾取という響きだけは腑《ふ》に落ちる瞬間があった。

「勤労少年なんすよ、こいつ。生意気にオンナ持ちですからね」

「おい、うるせえぞ」

「いいじゃねえか。自慢の彼女だろ？」

「ふうん。なかなか隅に置けないねえ」

サカキの薄笑いに奈美《なみ》が弄《もてあそ》ばれているような気がして、いよいよむかっ腹が立った。

「けど君、この先はどうするんだい」

「先？」

「余計なお世話かもしれないけど心配になってね。今、給料は幾らもらってるの？」

自慢できる額ならば、職場から新宿まで電車賃をケチったりはしなかっただろう。

「藤本くんと同じなら君も十九だろ？　若いうちはいいけど、そこで働き続けて結婚して、奥さんを食べさせていけるのかい？　十年後は？　その時、君はどうなってる？」

サカキの口がくるくる動いた。「いくら景気が良くなったって恩恵に与《あずか》るのは一部の富裕層だけだよ。彼らは投資ができる。つまり教育に金をかけられるんだ。富める人間は賢くなり、知恵のない貧乏人からさらに富を巻き上げる。その連鎖がブルジョワの優位を確定してゆく。貧者は飼い慣らされ、湿気《しけ》たパンを齧《かじ》るためにこき使われる。個人の才能の問題じゃない。システムの帰結さ。どうしようもなく階級は固定し、不可逆の不平等は生まれ続ける」

何をいってるかはわからないが、何をいいたいかはわかった。そしてそれはちょうど、芳雄が今一番聞きたくない話だった。

「残念ながら、君が今の職場でどんなに頑張ろうと、たかが知れているだろう。子供が生まれたとして、その子もきっと、誰かに搾取される側なんだ」

「うるせえ」

かっと血が上り、声が尖《とが》った。箸《はし》を握り直し、サカキへ向けた。

「だからデモに来いってか？　揃いのヘルメットかぶって鉄パイプ振り回せってのか？　それで給料が上がるなら、いくらでもやってやる」

サカキに動揺の色はなかった。こちらを見据えてくる突き放したような薄笑いに神経を逆なでされつつ、自制が働いた。経験上、こういうタイプは危ない。

箸を皿に放り、コップの酒を空にする。一秒でも早く席を立ってしまいたかった。

「勧誘《オルグ》ならもっと暇な奴に当たれ」

「違う違う」サカキは煙を宙に吐き、煙草を灰皿で潰《つぶ》した。「勧誘じゃない。ただ、ひと仕事しないかと思ってね」

「仕事？」浮きかけた腰が止まった。

「そう。ぼくは今、ある計画を練っている。詳しくは教えられないけど、奪ってきた連中から奪い返す闘争さ。もちろんスプレーで壁にアジテーションなんてものじゃない。もっと具体的に、力を手に入れるための計画だ」

「仕事なら報酬が幾らかいってみろよ」

「一億か二億か、三億」

ふざけるな――。そう怒鳴る前にサカキが続けた。

「世の中に一撃食らわせてやれる額だろ？　人生を変えられる額でもある」

サカキが上目遣いに睨《ね》めつけてきた。

「こいつをやり遂げたら、変わるよ」

変わる。

酒場の喧騒《けんそう》の中で、その台詞《せりふ》だけはやたらくっきり、耳に届いた。


バイクで送るから酔い覚ましに付き合えと藤本に誘われ、雨上がりの大久保《おおくぼ》通りを二人でぶらりと歩いた。夜も更け、人も車も失《う》せた大通りの真ん中を藤本と闊歩《かっぽ》しているうちに、汚れたツナギも気にならなくなった。

路面の線路を踏みながら、藤本が声を張る。

「サカキさんはウチの常連なんだ。すげえ人だろ？」

藤本の「すげえ人」が「くそ野郎」に一変するのは毎度のことで、芳雄は彼の人を見る目を一ミリも信じていないし、昼夜営業のジャズ喫茶に入り浸る連中のくだらなさは信じていた。

「あの人は東大だぜ。もうやめちまったけど法学部の俊才で、今でもセクトに顔がきくんだ」

近々行われる大規模な集会の運営にも一役買うほどの実力者で集会にはおれも誘われてる、笠井も一度くらい来てみろよ――そんなふうに藤本は熱っぽく語った。

「お前、まだ懲りてねえのかよ」

「日大の阿呆《あほう》とはわけが違う。あいつらはほんと、くそだったぜ」

五月のことだ。一緒に日本大学の合同討論会に参加する予定の仲間と揉《も》めて、藤本はボコボコに殴られた挙句、肋骨《ろっこつ》を折られた。本人によると地獄のような仕返しをし、相手の連中は泣きべそをかいたというが、まず百パーセント嘘だろう。喧嘩《けんか》っぱやいが腕っぷしはからきしで、威勢はいいが度胸はない。藤本はそういう男だ。

大学に通ってるわけでもないのにやたらと学生運動に首を突っ込みたがる藤本の行動を、出会ってからずっと、芳雄は冷めた目で眺めていた。

叫び散らして暴れ回って、終わったら酒を飲む。そして気怠《けだる》い筋肉痛と二日酔いを抱え、変わり映えしない朝を迎える。そんな一日に比べたらわずかでも金になるぶん、エンジンオイルにまみれるほうがどれほどマシか。

一方で、藤本をたんなる馬鹿と切り捨てるのも違う気がして、彼に対する思いだとか自分自身のことだとか、上手《うま》く言葉にできないのはようするに、おれも馬鹿だからだと芳雄は自覚していた。

サカキの気障《きざ》ったらしい面《つら》が頭に浮かび、芳雄は唾を吐いた。

「一億とか吹いてる時点で嘘臭《くせ》えだろ」

「なんでだよ。一億だろうが二億だろうが、あるとこにはあるんだ」藤本は最近話題になった政治家の汚職事件をあげ、彼らの不正を糾弾した。ツナギのポケットに手を突っ込んだ芳雄は、彼の気が済むのを待った。

「金はあるんだ。少なくとも日本銀行が刷ってる数だけはさ」

「そういうのは、そういう奴らの話だ」

サカキの言葉を借りるなら、富を持ち教育に投資して賢くなった連中が、さらに富を得ようと頭を使っているのだ。さびれた自動車整備工場の見習い従業員がどれだけジャンプしたところで、指にかするとも思えない。

藤本が足を止め、胸に拳《こぶし》を突きつけてきた。

「ニヒリズムは負け犬の言い訳だぞ。命を燃やさずして何が人生だ。闘争できない男なんて家畜と同じじゃないか」

血走った目は真剣だった。本気で、こんな与太を信じているのだ。馬鹿馬鹿しいと思う反面、眩《まぶ》しさもあって、だから芳雄はこのフーテンの友と縁が切れずにいるのだろう。

説教を封じるべく、ため息をついた。

「どんな計画か教えてもらえないんじゃ決めようがない」

「信じろよ。サカキさんとおれを」

「馬鹿。どうせ犯罪まがいのことをさせられるんだ。冗談半分で付き合えるかよ」

藤本が一歩近づいて、辺りを気にしながら囁《ささや》いてきた。

「春頃から、多摩《たま》の農協に脅迫文が届いてるのを知ってるか？」

「いや」

「どうもそれが怪しいとおれは思ってる」

「怪しいって？」

「企業恐喝さ」

いかにも運動家崩れが考えそうなことだが――。

「会社をどうやって脅して、どうやって金を引っ張るんだ？」

「それは……いろいろあるんだろ」

とたんに藤本の口ぶりが怪しくなった。企業恐喝という言葉を知ってはいても、実際のところよくわかっていないのは芳雄も同じだった。

「おれたちに何ができる？　鉄砲玉に使われるのが関の山だ」

「いいじゃねえか、それでも。布団で眠ってたって、このくそみたいな世の中は変わらないんだ」

そうだ。それだけは芳雄も、はっきりと確信を持っている。

「なあ笠井。やろうぜ」

目を輝かせる藤本に、芳雄は言葉を返せなかった。

返事を待っていた藤本が諦《あきら》めたようにそっぽを向き、水たまりを蹴《け》った。

「もういいよ。けどその代わり、次の集会には来いよな」

夜の片隅で丸まった貧相な背中に、芳雄は「わかった」と応じた。

2

武蔵野まで送ってもらい、下宿へ歩いた。生乾きの服に晩秋の夜風は肌寒く、鼻水が垂れた。

やろうぜ――という藤本の台詞が頭に残っていた。もしも藤本と出会った去年の今頃だったなら、頷いたかもしれない。臆病《おくびょう》を恥じる気はないが、後ろ髪を引かれる思いもあった。

あの頃と今の違いは、奈美がいるかいないかだ。

六人兄弟の真ん中で、学生時代は荒っぽい連中とつるみ喧嘩ばかりしていた。親戚《しんせき》に下宿を世話してもらい、福島県の実家から武蔵野にやって来た頃は、ただただ東京の活気と明るさに驚いた。ここでなら何かできるような気がした。

だが実際は、朝起きて働いて、夜眠るの繰り返しだった。仕事はきついが投げ出したいほどではなく、かといってその日暮らしを抜け出せるわけでもなく、ようするに漫然と、時は流れたのである。同じく上京組の藤本と知り合って、たまに酒を飲むようになって、奴が語る資本主義の横暴だとか階級闘争の是非だとかを右から左に流しては、酔っぱらってくだを巻き、誰彼構わず喧嘩を吹っ掛けたりした。

それが奈美と出会って変わった。

ちょうど藤本が日大の仲間と揉めていた時期、四月に封切られたハリウッドのSF映画がまだ上映されていると聞いて、なんとなく足を運んだ。一番遅い回、五十人くらいが入る客席はガラガラで、真ん中の良い席に座ることができた。視界には、延々煙草を吹かすジイさんと、ブツブツ独り言を呟《つぶや》く学生と、いちゃつく中年のカップルくらいしかいなかった。

明かりが落ちてフィルムがかかり、ビルの一つもない大地で猿と猿が殺し合う冒頭にこれのどこがSFだと憤慨し、すぐさま眠気を覚えた。

「あなた、このまま人生を損するつもり?」

彼女が芳雄を揺り起こしたのは一時間以上も盛大ないびきをかきっぱなしの男に対する探究的欲求のたまものだったらしい。

「あと三十分我慢なさい。飛べるから」

小ぎれいな身なりの若い女性にニッカ瓶を差し出され面食らっていると、彼女はそれを豪快にラッパ飲みした。受け取って、芳雄も喉《のど》を熱くした。空っぽの胃に染みた。交互に次々、飲み続けた。いつの間にやら映画は、宇宙船の中へ舞台を移していた。

「トリップしましょう」

退屈だった画面が突如、眩《まばゆ》い光を放った。さまざまな光線がシャワーのようにぶつかってきた。脳みそをバンバン殴られている気分だった。アルコールにふやけた意識が溶けて、気がつくと声を出して笑っていた。彼女も同じだった。うっせいぞ、と誰かが怒鳴ったが、それがまた可笑《おか》しくて、映画が終わるまで二人して笑い転げた。

あとで、あのシーンは時空を超越するワープの視覚的表現だと教わった。小難しい理屈はともかく、飛べたのはたしかだ。

来週の同じ時間にもう一度観ない？　その誘いに迷わず頷き、次の時は芳雄が買い込んだ酒を呷りながらワープシーンを待った。その前に騒ぎすぎて係員に追い出されたが、ハイな気分は消えなかった。彼女のそばにいるだけでトリップできた。

ガード下の赤提灯《あかちょうちん》を過ぎ、灯《あか》りが消え、道沿いに高く長いフェンスがあって、その向こうは闇に沈んで何があるかわからなかった。彼女はフェンスにもたれ外国の歌をうたった。ビートルズかサイモン&ガーファンクルか、きっと自由の歌だろうと思った。

葉っぱを吸ってみたいと彼女がいい、売ってる奴は知ってるけど金がないと返した。ウチの社長は昔にヒロポンをやりすぎて頭がイカれてると教えてやった。

「あなたって日和見《ひよりみ》主義者？」

「運動の言葉はわからない。王貞治《おうさだはる》なら知ってる」

芳雄が一本足打法の物真似をすると、彼女はけらけら笑った。そしてキスをした。

その夜から奈美は、芳雄の生活の一部となった。

彼女は芳雄より三つ上の大学四年で、目黒《めぐろ》の実家に暮らしていた。たいてい渋谷《しぶや》で落ち合って、他愛ないお喋りをしながら街をぶらぶらした。たまに映画や演劇を観に行くくらいが贅沢《ぜいたく》だった。

芳雄は浮かれ、反面、自分の生活を見つめ直そうと思い始めた。ちゃんと働いて、ちゃんと稼いで、ちゃんと生きる。それがきっと、奈美とずっと一緒にいるために必要なことだと思うようになったのだ。

目の前に、薄暗い二階建ての下宿が迫っていた。近所の犬が吠えた。蹴飛ばしてやろうかと思った。

心が荒《すさ》んでいるのはサカキや藤本や、雨や水たまりのせいではなく、もっと前、半月ほど前から、ぐつぐつと苛立《いらだ》ちは煮立っている。思うままに拳を振り回していた頃に戻りつつある原因は、そんな芳雄を変えてくれた張本人の奈美だった。

半月前——、気持ちの良い秋晴れの昼下がり、待ち合わせていた渋谷の喫茶店にやって来た奈美を見て、芳雄は間抜けにも口を半開きにした。

「似合う?」

悪戯《いたずら》っぽく笑った彼女は、からかうようにその場でくるりと回ってみせた。彼女が身に着けていたのは洒落《しゃれ》たワンピースでもなければ色落ちしたジーパンでもなく、皺《しわ》の一つもないブレザーとスカートだった。

「役所のおばちゃんみたいだ」

「おばちゃんではないでしょ」奈美は小さな顔を傾げ、頬杖《ほおづえ》をついた。「面接に行ってきたのよ」

「なんだよ、それ」

「面接は面接よ。仕事をもらいに行ってきたの」

「アルバイトか？」

「初めはそういう扱いかもしれないけど、受かれば春から週に六日、ちゃんと勤めるのよ」

呆気《あっけ》にとられた。奈美がそこそこ裕福な家の生まれであるのは察しがついていた。スレた遊びもするけれど、彼女なりに決めた一線があって、ハチャメチャをする時も可愛げをなくさない。きっとその分別は、育った環境が養ったのだろうと芳雄は思っていた。

だから奈美が働くなんて、予想もしていなかった。

「なんで」メロンソーダのグラスを、意味もなく回しながら芳雄は訊いた。

「なんでって、そりゃあ、いつまでも遊んではいられないでしょ」

大学の卒業も迫っている。花嫁修業なんて馬鹿馬鹿しいし、世の中をもっと知りたい。奈美が語る将来の抱負は、たった半年前、葉っぱが吸いたいともらしていた女の台詞とは思えなかった。

タイピストとして働くのだと彼女はいい、和文と勝手は違うけど父親の英文タイプならよく触っていたからすぐに慣れてみせると胸を張った。

ミニスカのエレベーターガールやキャバレーの踊り子でなくてほっとしたが、それでも芳雄は、奈美が遠ざかっていくような感覚を拭《ぬぐ》えなかった。

「ようは事務みたいなものね」

「ビルの一室に閉じこもるなんて、奈美に耐えられるもんか」

「失礼ね。そのうちあなたよりも稼ぐかもよ」

思わず、真正面から見返してしまった。

「ちょっと。本気にしないで」

上手く言葉が出てこなかった。

「もう。子供ね」

「子供で悪いかよ」

「冗談だってば」

こんな会話はしたくない。けれど感情が止まらない。

「どうせおれはガキで、貧乏人の息子だよ」

「何よ、それ」

「うるせえ」

「うるせえ？　よくもいったわね。わたし、その言葉大っ嫌い」

奈美の丸い目が吊《つ》り上がった。

「働いて何が悪いの？　わたしの生き方について、いちいちあなたにお伺いを立てなくちゃいけないわけ？」

「そうじゃねえけど——」

「わたしはわたしなのよ。指図されるいわれはない」

「いわれって、どういう意味だよ」

「辞書を引きなさい」

「馬鹿にすんな！」

次の瞬間、顔面に水が飛んできた。

奈美は席を立ちながら何か口走った。きっと英語の、スラングだ。

「馬鹿にすんな」

一人きりになった芳雄は、そう繰り返した。辞書を買ってくれる大人も、使い方を教えてくれる兄弟や友だちも、芳雄の周りにはいなかった。それがそのまま、自分と奈美の間に横たわる距離なのだという気がした。

それから連絡すら取っていない。目黒の家に電話をかけたことはなく、向こうがかけてきてくれないと連絡の取りようがなかった。自宅を探すとか通っている大学に足を延ばすとか、いろいろ考えてはみたけれど、会ったところで、何も解決しない気がした。

六畳一間の部屋に敷かれた布団に胡坐《あぐら》をかき、芳雄は暗闇を見つめた。

結局——。

これは自分自身の問題なのだ。

外で犬が吠えた。

3

二十二日金曜日、誘われるまま上野《うえの》駅に降り立ったのは藤本への義理立てのほかに、この集会が都内の大学を総動員した規模のものだと耳にしたからだった。闘争にかぶれる様子はまるでなかったが、奈美は祭り好きだ。案外ばったり、会えるかもしれない。

淡い期待を胸に駅から本郷《ほんごう》を目指し、すぐにその希望は砕かれた。

「すごい人だな」駅を降りた大勢の若者たちとともに、芳雄はまるで隊列の一員となった気分で街を進んだ。

「いつもこんなもんさ」うそぶく藤本の顔にも興奮が見て取れた。

「笠井は適当に帰ってくれ。おれは最後まで残るから」

誘ったくせにと思ったが、この人数では何がどうなるか予想がつかない。かすかに腹の底が熱くなった。巨大な波に誘《いざな》われるように足が動いた。

集会場所となっている東大本郷キャンパス、安田《やすだ》講堂前。そこへたどり着くのもままならぬほど人が群れを成し、四方八方から怒号や悲鳴や合唱が響いていた。トラメガ越しのアジテーションは興奮しすぎて何をいっているのかまともに聞き取れなかった。そこここで小競り合いが起こっていた。どれが東大生でどれが新左翼でどれが共産主義者か、もとより芳雄にはわからないし、もはや誰も、きっとマルクスだって匙《さじ》を投げるに違いなかった。

集団にのまれるや、藤本は芳雄を置き去りに、拳を突き上げ大声で叫びながら前へ前へ進んでいった。

「現代社会の根本的矛盾は――」芳雄はあっけなく彼を見失い、もみくちゃにされながら、息をつく間もなく熱の塊の渦中にいた。

「我々の闘争は日本帝国主義の根幹を揺るがすための決起であり――」どこからともなく水が浴びせられ、唾が飛んできて、肘《ひじ》や拳に打たれた。痛みが麻痺《まひ》し始めると、一抹の恐怖を含んだ高揚の波にのまれた。

「敗北や後退はなく、あるのは勝利、前進、決断である――」

前方で、ぱあん、と炸裂音《さくれつおん》がして悲鳴と歓声が沸いた。もくもくと上がる白い煙とともに、声と熱気が、まるで目に見えるように迫ってきて、その波は芳雄の中に残ったわずかな恐怖をあっさりとさらっていった。

この渦のどこかに藤本はいるのだろうし、サカキがいるのかもしれず、あるいは奈美もいて、そして笠井芳雄もいるのだと思うと昂《たか》ぶるものがあり、気がつけば芳雄は叫んでいた。それは左翼の言葉でも運動の言葉でも、辞書に載った言葉ですらなく、ただただ叫びだった。

おそらくこの場所で言葉はどうでもよくて、おそらくこの瞬間は東大生と自動車整備工が同じ現在にいて、おそらくみんなが、振り回す拳が向かう先もわからぬまま、巨大な熱の塊の、小さな一つの細胞として運動を担うことで、自分を囲う檻《おり》をぶち壊す悦《よろこ》びを感じているのだった。

その集会に二万人近い学生が参加し、三十以上の大学がバリケード封鎖を敢行したことを翌日の新聞で知った。芳雄は職場の片隅で昼の弁当を食いながら、呆けた気持ちで記事を読み、本当に自分はそこにいたのだろうかと自問してみたりした。

戦中に空襲で焼け野原になった武蔵野の地の、街外れにぽつねんと建つ工場にはのどかな昼下がりの風が吹いていた。住宅地のほうへ続く土くれの一本道や、鉄くずになった廃車の山は、まさしく変わり映えしないいつもの風景だ。事務所から怒鳴り合う声がする。社長と奥さんのいい争い。野良犬がとぼとぼ歩いている。

ふいに芳雄は箸を止め、もう二度とあの熱狂が訪れない人生を想像した。その想像の中で芳雄はやはり自動車整備工をしていて、つまらない博打《ばくち》や不味《まず》い酒に溺《おぼ》れ蓄えもなく、連れ合いと不毛な口論をしたりしていた。たまに都会へ出かける時も、なぜか薄汚れたツナギを着て、そして傘には穴が空いている。

「芳雄っ」

顔を真っ赤にした社長が、事務所から出てきた。「今日はやめだ」ずんぐりとした身体をいからせ、戦中に悪くしたらしい右足を引きずって近づいてくる。

「ババアがピーピーピーピーピー騒ぎやがって。誰のおかげで飯が食えてると思ってやがんだ」

事務所からは奥さんのヒステリックな声が響いていた。

「飲みに行くぞ。女、抱かしてやる」

「いや、今日はちょっと」

「ああん？　てめえ、おれの気持ちが受け取れねえってのか」

芳雄はため息をつきたくなった。どうせ連れていかれるのは乾きものしか出さないスナックで、あてがわれる女性は五十を超えているのだ。

うんざりした。偉そうな社長も泣いている奥さんも、母親より歳をとった娼婦《しょうふ》も、全部慣れっこのはずなのに、今日だけは心の底からうんざりした。

搾取されていると思った。金や労働力だけでなく、きっと自分たちが奪われているのは未来だ。未来は死ぬまでなくならないから、搾取は死ぬまで続くのだ。

奪われるのが嫌なら、奪う側に回るしかない。けれど、その方法がわからない。金どころか知恵もない自分が、この世界を引っ繰り返す方法が。

――奪っちまうか。それも。

「おら、車出せ」

社長に怒鳴られ、芳雄は我に返った。「一本だけ、電話してきます」

ぎろりと睨まれながら事務所へ向かう。頬を腫《は》らした奥さんが泣き続ける横で、藤本の勤めるジャズ喫茶のダイアルを回した。藤本がだるそうな声で〈どうした？〉と応じた。芳雄はわずかに残った迷いをのみ込み、告げた。

「藤本――、やろう」

四谷《よつや》にある藤本のアパートに上がり込んだ時、外はすっかり陽が落ちていた。風呂《ふろ》便所共同で広さも同じくらいだが、台所があるぶん芳雄の下宿より自由を感じる。

歩いてきたという芳雄に、「武蔵野から？」藤本が驚いたようにいった。「十キロ以上あるぞ？」

「いろいろ考えたくてな」

本当は飲まされた安酒と、身体にまとわりつく体臭を振り払いたかったのだ。そして決心を固めるためでもあった。

ガスストーブに当たりながら、初めに芳雄は念を押した。

「サカキには伝えてないいな？」

藤本は戸惑ったように「ああ、まだだ」と答えた。

「それでいい。この先も、絶対にいうな」

「やる気になったんなら……」

「サカキとは組まない」

「え？」

「おれとお前の二人でやる」

「え？」再び藤本が素っ頓狂《とんきょう》な声をあげた。

「どうせ危ない役回りを押しつけられて使い捨てされるだけだ。おれは絶対、あんな奴に奪われたくない」

眉間《みけん》に皺を寄せる藤本を、芳雄は見返した。

「これだけは譲れない。お前以外の奴を仲間にする気もない」

「……おれとお前で、できるのか？」

「できる」

藤本が肩をすぼめ、「どうやって？」と不安げに訊いてくる。「企業を脅して金を出させるなんて、何から手をつけていいのか想像もできねえよ」

「おれだってどうしていいかさっぱりだ」

「じゃあ――」

「だから、サカキの計画を利用する」

きょとんとした表情が返ってきた。

「サカキたちが賢く金をせしめるつもりなら、おれたちは強引にいく」

「だから、どうやってだ」

「奪う」

「強盗か？」

芳雄は藤本を真っ直ぐ見た。藤本は身体を強張《こわば》らせたが、視線を逸らしはしなかった。

「問題はどこからどうやって奪うかだ。成功して十万、二十万ってんじゃ話にならない。やるからには、何もかも変えられる額でなきゃ駄目だ」

何もかも……、と藤本が呟いて唾を飲んだ。「大金って、銀行とかか？」

「拳銃《けんじゅう》があったって返り討ちにされるぞ」

「米軍基地に秘密資金がたんまり隠してあるって聞いたことがあるけど」

馬鹿、という気にもなれなかった。そんな眉唾物《まゆつばもの》に飛びついてハチの巣にされたくはない。

「脅迫文の送り先は多摩の農協だったたな」

藤本が頷き、芳雄は首を傾げた。農協が具体的に何をしている組織なのかすら知らなかった。

はたして金があるのか。近所の駄菓子屋よりはマシだろうけど、ピンとこない。

「億は大げさでも、サカキだってそれなりの金額を見込んでるはずだ。奴が狙ってる企業が農協だって確信はあるのか？」

藤本は首を横に振った。ジャズ喫茶でサカキから「面白いだろ？」と、恐喝を報じる新聞記事を見せられただけだという。これでは農協への脅迫が奴の仕業かどうかも定かでないと芳雄は思った。

「——まあ、いいか。その手の話はどこにでもあるだろうし」

「一人で納得しないでくれ。サカキさんと組まないで利用するってのはどういう意味なんだよ」

「奪うんだ。金を奪うために」

芳雄は顔を寄せた。

「なあ、藤本。お前、強盗で金を奪ったらまずどうする？」

「そんなもん、さっさと逃げるしかないだろ」

「傘を盗むのとはわけが違う。最低でもウン百万って話だ。強盗の直後に消えた二人組を警察が見逃すはずないぜ。おれは外国に出るつもりはないし、こそこそ隠れて暮らすのも御免だ。どれだけ金があったって、それじゃあ意味がない」

頭に浮かぶのは奈美の顔だった。

芳雄はそれを脇へ追いやり、藤本を見据えた。

「怪しまれないように姿を隠すとなったら、それなりの時間が要る」

少なくとも金を隠し、職場に適当な言い訳を作って退職の日を決めるくらいの余裕がほしい。できればごく自然に東京を離れたい。

「そのために、サカキさんを利用するっていうのか？」

芳雄は無言で認めた。もちろんセクトや党の力を借りるという意味ではない。それを察した藤本が不安げに重ねてくる。

「お前、何を考えてるんだ」

「簡単だ。誰かが狙った企業を狙う。上手くいけば、そいつらのせいにできる」

藤本が目を見開いた。

「強盗の罪を、脅迫犯に押しつける気か」

「最悪二、三日でいい。そっちに警察の目が向けば、おれたちが逃げる隙が生まれるかもしれない」

藤本は黙り込んだ。口に手を当て、ささくれた畳にじっと目を落とした。芳雄の見込みが甘いか辛いか、考えたところで達する結論は同じだ。やってみなくちゃわからない――。

「問題は標的だ。おれたちで決められるわけじゃないからな。お前はサカキの計画をそれとなく探ってくれ。サカキじゃなくてもいい。右翼でも左翼でも構わないから、どっかの企業に恐喝をかけてるって情報を探すんだ」

ジャズ喫茶ならその手の噂を好む学生やフーテンに事欠かない。そして藤本の武器は、相手の油断を誘う人懐っこさだ。

「金を奪える条件に合ってたら、そいつをいただく」

「とんでもない奴だな」藤本が呆《あき》れたようにこぼした。「金だけじゃなく、計画も盗むなんて」

「それは違う。ちょっとお借りするんだ。共産主義的発想だろ?」

怒るかと思ったが、藤本はうなだれた。そして突然、「このトロツキストめ!」と叫ぶや、壊れたように笑い続けた。それが収まった頃、「笠井」真面目くさった顔でいった。

「やろう」と。

4

藤本の行動は早かった。知り合いに電話をかけまくり、運動の集まりを聞き出しては手当たり次第足を運んだ。

十二月最初の日曜日、互いの休みを合わせ、大井《おおい》競馬場に呼び出された。藤本はレースそっちのけでこの一週間で得た噂話をまくし立てたが、たいていは大言壮語のホラ話に毛が生えたようなものだと本人も認めた。

「馬鹿馬鹿しくって、腹が立つより呆れたぜ」

米軍基地の秘密資金を口にしていた男とは思えない発言だったが、芳雄は相棒の変化に頼もしさを覚えた。

「サカキは？」

「連絡が取れない」

何か企《たくら》んで潜伏しているのか、あるいは現在も続いている東大の籠城《ろうじょう》に加わっているのか、たしかな情報はないという。

「お前のほうはどうなんだ？」

第四コーナーを曲がってくる競走馬の群れに目をやったまま、芳雄は唇を噛《か》んだ。藤本が情報を嗅《か》ぎ回っている間、根本的な問題に頭を悩ませていた。首尾よく標的が決まったとして、ではどうやって奪うのか、その方法についてだ。

拳銃やナイフ、あるいは鉄パイプといった武器を携えて襲うというやり方はこの計画に合っていない気がした。脅迫を受けている企業を標的に選ぶのだから、万全の対策がされている可能性がある。多少の喧嘩自慢は役に立たないだろうし、本格的な武器を扱えるとも思えない。ましてや藤本に期待するくらいなら初めから自首したほうがいい。

するとコソ泥のように忍び込んで金庫を頂戴《ちょうだい》するといった方法が残るが、これはこれで周到な準備や技術が要ると想像できた。

「そんなに難しいもんか？　静かに窓ガラスを割る方法だったら教えてもらったことがあるぞ」

「職員室じゃねえんだ。警備態勢だって違うし、調べなくちゃならないことが山ほどある。金庫がどこにあるのか、持ち運べる大きさかどうか、持ち運べない場合おれたちで開けられる代物かどうか」

「ガスバーナーを使おうぜ。お前の工場にあるだろ」

「それを担いで忍び込むのか？　おれは嫌だぞ」

だな、と藤本がいい、競走馬たちが目前を走り抜けた。

「そもそも金庫に金がどのくらい入ってるかもわからない」

開けて数十万では話にならない。

「じゃあやっぱり、直接襲うしかないのか」

「そうだな……」

次のレースの準備が始まった。芳雄たちはぼんやりそれを眺めながら、しばらく黙りこくった。恐喝者に強盗の罪を押しつけるのはいいとして、現行犯で捕まったんじゃ話にならない。今から二人で訓練したところで付け焼き刃だろう。

「一か八かになるな」

「まあでも、どのみちギャンブルだろ？」

藤本にしてはまともな意見だった。たしかに犯罪である以上、どれだけ好条件が揃ってもギャンブルに変わりない。とはいえ、このまま突っ込むのは特攻にも劣る自殺行為に思われた。少しでも成功の取っ掛かりがないかと考え続けているが、妙案は浮かばない。

「直接やるとして」藤本が切り出した。「どんなふうに狙うつもりだ?」

「標的次第だが、大量の現金を運ぶタイミングを見つけるしかないだろうな」

「ここなら確実じゃないか?」

藤本が足元を指さした。自分たちの座る、大井競馬場の屋外スタンドを。

「それで待ち合わせに選んだのか」

「もしかしたら参考になるかと思ってよ」

たしかに競馬場なら常に大量の現金がある。詳しくは知らないが、ずっとここに置いておくわけではないだろう。本部かどこかへ輸送しているに違いない。

「——売り上げは毎日運んでるのかな」

「輸送車なんて気にしたことねえよ。そんな暇があったら馬を見るぜ」

「何時にどこからどこへ運ぶのか知りたいな。警備の感じも」

「本気で狙うのか? 競馬場が脅迫されてるなんて話は聞いたことねえぞ。いっそおれたちで脅すか?」

「馬鹿。それじゃあなんの意味もねえよ」

しゅんとした藤本をよそに、次のレースが始まった。蹄《ひづめ》がいっせいに地面を蹴る音が振動となってスタンドまで響いてくる。

「でもさ、輸送車を狙うのはアリだと思うぜ。一番確実だし、わかりやすいしな」

芳雄も同感だったが、よくよく考えるとぼんやりとイメージはあるものの、現金輸送車なるものがなんのために、どんなタイミングで使われているのか、具体的に思い描くことができなかった。

「何時かはわかんないけど、日にちは絞れるだろうし」

藤本の自信ありげな口ぶりに、芳雄は眉をひそめた。「なんでだよ」

「給料日はたいてい二十日か二十五日だろ？　でかい企業なんかは現金を銀行から運ぶっていうぜ」

「そうなのか？」

「ウチの客に銀行員の息子がいてさ。そいつの話だと、給料とかボーナスを届ける時は前日からピリピリしてるんだってよ」

「ボーナスって？」

「給料の英語じゃないのか」

本当かよ。

疑わしげな芳雄の顔に、藤本は肩をすくめた。

「知りたきゃ辞書で調べろよ」

「辞書なんてくそ食らえだ」

思わず強い声が出て、藤本が目を丸くした。バツが悪くなり、芳雄は顔を逸らした。

農協に現金輸送車、ボーナス……知らないことだらけだ。知識がなければ選択肢は限られ、知識を得るには時間と手間がかかる。時間と手間を得るには、金が要る。

「上手くできてやがる」

そう毒づくくらいしか、今の芳雄にはできなかった。誰かが作った仕組みによって、何かを巻き上げられている。強盗の一つも満足に計画できない自分たちが情けなく、怒りがわいた。

——辞書なんか、絶対に引くもんか。

二周目に突入したレースを見つめながら、芳雄はいった。「期限は三月にしよう」

「え？」

「三月までに実行する」

「なんで三月なんだ」

「いつまでもダラダラやることじゃねえ。こういうのは勢いが大事だからな」

「三月までに都合のいい標的が見つからなかったら？」

「その時は、ここをやる」

競馬場の、現金輸送車だ。

「脅迫なしで？」

「ギャンブルだといったのはお前だぞ」

三月には奈美が大学を卒業する。口が裂けても藤本にはいえないが、それが芳雄のタイムリミットだった。

唇を尖らせている藤本に、馬を指さし芳雄は提案した。

「偶数と奇数、どっちがトップになるかで決めようぜ」

「……偶数」

「じゃあ、おれは奇数だ」

向こう正面のストレートを馬の集団が走っていく。第三コーナーに飛び込む。逃げ馬は十番。しかしすぐさま集団にのみ込まれ、偶数も奇数もわからなくなった。

藤本の膝《ひざ》に乗せた拳に力がこもっていた。

最後の直線を、偶数番号の馬が先頭で走ってくる。足が鈍っているのは素人目にもわかった。大外を奇数番号が駆けていく。間もなくとらえる。

どっどっどど——。

競走馬たちがゴールを越えていく。その後ろ姿を、芳雄は目に焼きつけた。

やがて藤本が小さく呟いた。「……馬券を買わなくてよかったよ」

そうだな、と芳雄は返した。

「ボーナスってなんですか？」

尋ねた芳雄を社長はぎろりと睨み「お前、文句でもあんのか？」と凄んだ。

「半人前のくせに生意気いってんじゃねえぞ」わけのわからぬまま頭をはたかれ、芳雄は足を引きずりながら去っていく背中に「くそっ」と毒づいた。錆《さび》だらけの工場の中ですら、自分は搾り取られる側だ。

このまま永遠に搾り取られるか、あの社長のように自分よりものを知らない小僧を捉《つか》まえて搾り取るか。どちらにせよ、本当に大切な何かを手に入れられないまま老いてゆくに違いない。

昼休みになると芳雄は、弁当を食いながら事務所に置きっぱなしの古新聞に目を通した。特に社会面の事件記事を丹念に読んだ。どこにヒントがあるか知れないし、もっと賢くならねばという強迫観念に囚《とら》われてもいた。

横須賀線電車爆破事件の犯人が捕まったという記事を読んでいる時、ぶぶん、とエンジンの音が近づいてきて、仕方なしに立ち上がった。飯時に、社長は絶対事務所から外へ出ない。表に出て、すぐにそれが客でないとわかった。

「ここの従業員か？」

白バイに跨《また》がった男が横柄に訊いてきた。

「そうですけど」

「最近、ここらを改造車が走り回ってるだろ」

「最近というか、前からずっとですけど」

芳雄の返事が気にくわなかったのか、白バイ隊員はむっとした表情になった。

「ここで改造してるって噂もあるぞ」

「いや、ぜんぜん覚えがないです」

「お前じゃ話にならん。社長さんは？」

事務所に戻って声をかけると、社長は舌を打った。

「どうもどうも。ご苦労さんです」「ここら辺を走らせてる改造車に心当たりはないか」「いやあ、そんなもんはまったく」「本当か？　多摩の辺りで車泥棒が多発してるんだ。ここにも持ち込まれてんじゃないか」「まさか。めっそうもない」……。

社長は低頭しながら隊員のご機嫌をとっていた。芳雄は二人から離れ、横目で様子を窺《うかが》った。ずいぶん若い警官だ。芳雄と同じくらいの歳ではないか。そんな奴にへこへこする社長は滑《こっ》稽《けい》で、普段こんな奴にへこへこしてる自分が馬鹿らしく、見ているのも嫌になった。

「真面目に商売に励むんだぞ」

白バイがエンジンを吹かした。無駄に大きな音だった。思わず顔を向けると、バイクはUターンし飛ぶような速度で工場から去っていった。あんな奴が警官だなんて世も末だ――。

――ん？

「官憲の犬っころが」社長が吐き捨て、廃材のタイヤに蹴りを入れた。

芳雄はまだ、遠ざかる白バイのテールを見つめていた。ついさっき浮かんだ奇妙な考えで頭がいっぱいだった。

あのチンピラみたいな若者――奴は本当に白バイ隊員だったのだろうか。

「いつまでもサボってんじゃねえぞっ」

社長に怒鳴られ、肩を殴られた。八つ当たりに腹を立てる余裕もなく、芳雄は突っ立っていた。

偉そうな社長も、警官が相手ならご機嫌をとる。学生に毛が生えた程度の小僧でも。

いや――警官だからじゃない。白バイだったからだ。

制服と白バイ。たったそれだけで、社長はあの若者を白バイ隊員だと信じ、頭を下げたのだ。

いける。

芳雄は胸に手を当て、深呼吸をした。

恐喝されている企業の現金輸送車に白バイ隊員が声をかけたら、案外、車は素直に停まるんじゃないか。

それからどうする？

――車ごと奪う。

奪うためにどうする？

――運転手や警備の連中を遠ざけなくてはならない。

どうやって？

ついさっき目にした記事。今年の六月に爆破事件を起こした犯人が逮捕されたという内容。

――爆弾、ダイナマイト。

先日の集会の光景が浮かんだ。そこここから立ち上っていた白い煙。爆発せずとも、あの煙さえあればいい。

車を奪ってどうする？　どこへ逃げる？

自問自答の片隅で芳雄は、これまでにない手応《てごた》えを感じていた。ついさっきまで特攻を覚悟していた計画が、急に現実味を帯びた。

いける、と心の中で繰り返した。


藤本はじっと腕を組んで考えていた。底冷えする夜だった。ガスストーブを挟んで二人は向かい合っていた。

藤本が口を開いた。「――制服はどうする？」

「この季節だ。ジャンパーを羽織っててもおかしくない」

「それっぽいやつで充分か」

「色味だけ注意したら大丈夫だろ」

そうだな、と藤本は自分にいい聞かせるように呟いた。

「輸送車を奪うってことは、どっかで乗り換えるんだな」

「ああ。できれば二回は乗り換えたい。用意できるか？」

「アシがつかないようにするなら盗むしかない」

「当ては？」

「ある」

藤本の目がぎらりと光った。

「前に話した銀行員の息子ってのがカミナリ族のメンバーでな。そいつらで作った窃盗グループのたまり場を耳にしたことがある」

「お前──」思わず芳雄はのけぞった。「盗難車を盗む気か？」

「マルクス万歳だ」

呆れるよりも愉快だった。

「とりあえず二台ぐらい目星をつけて、ぎりぎりまで手をつけないでおこう」

「白バイは？」

「お前のやつを白く塗ったらそれっぽくならないか？」

「おれのアシはどうすんだよ」

「……さすがに前の日にってわけにはいかないもんな」

最低でも三日は準備の時間がほしい。その間、藤本の動きが制限されるのは上手くなかった。

「それも盗むか？」

藤本は一本センが切れたような目をしていた。芳雄は危うさと、それ以上に連帯を感じた。

「だな。よく考えたらバイクはそのまま乗り捨てだ。お前のじゃまずい」

「嵌《は》められるとこだったぜ」

含み笑いを交わし合った。

「発煙筒を準備できるか？」

「活動家をなめるな。その気になればダイナマイトだって手に入る」

「捕まって死刑は勘弁だ。野暮はなしでいこうぜ」

「スマートっていうらしい」

「スマート？」

「うん。賢くて、洗練されたみたいな意味だ」

「いいな。スマートか」

計画の大筋は決まった。現金輸送車に白バイ隊員を装って近づき、車を停める。爆発物が仕掛けられていると嘘をつく。脅迫を受けている企業なら信じてもらいやすいだろう。

発煙筒を燃やして運転手らを遠ざけ、輸送車を運転して立ち去る。どこかに乗り換えの車を用意し、警察の追跡を撒く。

「乗り換えの場所についてては標的が決まってからだ。そもそも襲う場所が決まらないと仕方ないからな」

「白バイの係はどっちがやる？」

「おれだな。いざとなったら喧嘩で勝てる」

「失礼な奴だ。おれが弱いみたいに聞こえる」

「慣れの問題ってことにしとけ」

「ふん。バイクは乗れるんだったよな」

上京してから機会はないが、地元で散々乗り回してきた。

「じゃあ、当日のおれの仕事は？」

「とりあえず乗り換えの場所で待機かな。一秒でも早くズラかりたい」

わかった、と頷いてから藤本はいった。

「やっぱり、脅迫されてる標的が要るな」

「競馬場の輸送車でも成功する確率は上がった」

「いや。おれはお前の考え通りにいきたい。この計画は、なんというか、すごい」

「よせよ。しょせんは素人の、それも卑怯《ひきょう》なやり方だ」

「犯罪なんだ。卑怯じゃないわけがない。でも、賢いか馬鹿かでいえば、賢い気がする」

「スマート、か？」

「ああ。そうだ」藤本が拳を突き出してきた。「どうせなら完璧《かんぺき》にやろうぜ」

芳雄は口元をゆるませ、自分の拳をぶつけた。

5

乗り換えに使う車と違い、バイクには偽装を施さなくてはならない。藤本が銀行員の息子から聞きつけた窃盗グループのたまり場へ二人で出向いた。

情報は正しかった。立川《たちかわ》市内の廃屋の裏にビニールのシートが被《かぶ》せられたバイクがいくつも並んでいた。

「どれにする?」藤本に訊かれ、「白バイはホンダだったと思う」芳雄は懐中電灯で照らしながら、容赦なく体温を奪っていく真夜中の風も忘れて夢中でお宝を探した。

「何してるっ!」しばらくして怒鳴り声が響いた。芳雄はとっさに懐中電灯を藤本に押しつけ、声のほうへ一目散に走った。ジャンパーを着た若い男が一瞬怯《ひる》んで、それから身構えた。芳雄の右手はすでに伸びていた。相手の手首を摑《つか》んで捻《ひね》り、坊主頭が下がったところに間髪を容《い》れず左手を滑り込ませ、喉を一気に絞め上げた。そして金的を蹴り上げた。

「逃げるぞっ!」自分のバイクに跨った藤本が叫び、芳雄は白目を剝《む》く坊主頭を地面に転がした。藤本がスターターとエンジンを無理やり直結させた盗難バイクがヘッドライトを灯《とも》していた。芳雄は飛びついてアクセルを全開にした。

「せっかく仲間を呼べないようにしたのに、お前が叫んだら元も子もないじゃねえか」「知らねえよ。それにしても見事な手際だったな。おれの直結技術には負けるけど」「でもこれ、ヤマハだぞ」「嘘つけ。ホンダだよ」「ヤマハだって。それも青だ。何してんだよ」「固いこというな。幸せの青いバイクさ」

追手が来ないのをいいことに、並んで走ったまま戯言《ざれごと》をぶつけ合った。

職場の隅にヤマハを隠し、夜、社長が帰ってから塗装をした。街に出て白バイを観察してきた藤本が「なんか、もっとこう、アレだな」などと役に立たない感想をもらし、「こういう白バイもあるんじゃないか」芳雄も適当に返した。

「だからホンダにしろといったんだ」「あんな状況で贅沢いうなよ。なんならもう一回行くか?」「お断りだ。見つかった時はおれも肝が潰れそうだった」

それだけ怖い思いをして手に入れたのだ。藤本のいう通り、このヤマハはきっと幸運を運んでくれる気がして、立派な白バイに化けさせてやろうと芳雄は決めた。

「もっと雰囲気がほしいな」「なんだよ、雰囲気って」「偉そうな感じ。たとえばスピーカーみたいなのをつけたらどうだ?」「そんなもん白バイにあったか?」「なくてもいいんだよ。大事なのははったりだろ」

それはそうかもしれない。結局、藤本の発案でデモに使うトラメガをくっつけることにした。

あらかた完成すると「試運転しよう」と藤本がいい出した。目立ってろくなことはないぞと渋りながら、芳雄もその気になった。工場に置き捨てられているそれっぽいジャンパーを着込み、白く塗ったヘルメットをかぶり、白バイに変身したヤマハを発進させた。藤本が後ろに乗った。二ケツの白バイなんていない。それでも藤本は乗せろといい、芳雄はしょうがねえなと応じた。

夜中の国道を飛ばした。後ろの藤本が「ひょう」とか「やあ」とか奇声をあげるものだから、完全にカミナリ族だ。芳雄は繰り返し「うるせえ」と怒鳴り、藤本は張り合うように奇声をあげた。

一度だけ、藤本の生家について聞いたことがある。北陸の漁村で、父親は網元だったが戦争で没落し、今は掘っ立て小屋みたいな家で寝たきりになっているらしい。兄弟は方々に丁稚《でっち》に行かされ、藤本はその前に逃げ出してきたのだそうだ。母親がたった一人、死にかけた父親の面倒を見ている。あの歳なら売春はできないのが救いだ、と藤本は暗い笑みを浮かべ、いつか楽をさせてやると酒を呷っていた。

「笠井！」後ろの藤本が立ち上がった。「飛べそうだな」

「本当に飛ぶなよっ。百パーセント死ぬぞ」

「今なら大丈夫な気がする」時速六十キロで吹きつける夜風を全身で受け止めるように、藤本は両手を広げた。

「馬鹿！　落ちるぞ」

「いいや。昇ってるのさ」

ヘッドライトのほか明かりはなく、真っ暗な一本道はどこまでも続く宇宙のようだった。トリップだ、と芳雄は思った。二人で手に入れた最高のマシンで、おれたちはワープしている。

「イカしてるぜ」藤本が呟いた。「イカれてるの間違いだ」芳雄は返した。

いいや、イカしてる。藤本の声なのか自分の声なのか、もうわからなかった。

6

喫茶店で新聞を広げている男を思い出すまでに、少し時間が必要だった。芳雄は席を立ち、彼の対面の椅子を引いた。

「おれを覚えてるか？」

サカキはびっくりしたように目を丸めると、口元を引きつらせて「ああ」ともらした。

「てっきり籠城してるのかと思ってた」

「大学に？　くだらない」

新聞を畳み、サカキはコーヒーカップを摑んだ。口へ運ぶ手がかすかに震えていた。

「農協に送った脅迫状は効いたか？」

「なんのことかな」

そっぽを向くサカキへ、芳雄は身を乗り出した。

「企業恐喝してたんだろ」

「だから、なんのことだよ」

「ごまかすなよ。上手くいったのか訊いてるだけだ」

「よしてくれ。ぼくは関係ない」

「関係ないってことはねえだろ。ひと仕事しようと誘ったのはそっちだぞ」

芳雄は受け皿にのったスプーンを逆さに持って、サカキへ向けた。

「脅しのつもりかい」

「脅しですんだらいいと思ってるよ」

サカキがじっとこちらを睨んだ。芳雄も負けじと睨み返した。

ふいに、サカキから力が抜けた。

「もう終わった」

「終わった？　上手くいったのか」

「違う。やらなかった」

「え？」

「農協の件を耳にして真似しようかと考えた。運動資金が底をつきかけていたし、いろんなところへ返さなくちゃならない義理もあったからね。一攫千金《いっかく》を狙ったのさ。けど、やめた」

「なんでだ」

「まさか君、何かするつもりなの?」

芳雄は口を結んだ。スプーンから手は離さなかった。

サカキが呆れたように笑った。

「やめといたほうがいい。知らないのか? 農協に脅迫状を送った連中は五回も金を要求して、けれど結局、一度だって受け取りの場所にやって来なかったらしい」

「びびったってことか」

「違うと思う。きっと無理だったんだ」

「無理?」

「そう。警察を甘く見てた。警察というか、体制だ。公安だって動いただろうし、今や当局は反権分子を刈るのにヤクザの手を借りてる始末だ。あいつらは容赦ない」

「無理ってのはどういう意味なんだ」

「だから、無事に金を手にすることなんて無理だって悟ったんだよ。子供でもわかるだろ」

「おい」芳雄はテーブルを軽く叩《たた》いた。「馬鹿にした口ぶりはやめろ」

「君を馬鹿にしてるわけじゃない。全部だ」

全部だ、とサカキは繰り返した。

「何もかもさ。運動も政治も戦争も、なるようにしかならない」

「――だから、そんなナリになったのか」

「似合うだろ?」

すっかり短くなった髪を撫《な》でるサカキの口ぶりに、かすかな強がりの響きがあった。

「この世の中に革命はあったし、革命家もいた。ロベスピエールにレーニン、毛沢東《もうたくとう》……。この先、新しい英雄が生まれないとは限らない。だけど、ぼくじゃなかった。それだけのことだよ」

腰を浮かせたサカキを、芳雄はもう追う気になれなかった。背広を着たかつての運動家が、薄い笑みを残して芳雄の横を過ぎていった。

「こんなものを読むようになったの?」

テーブルに置きっぱなしの新聞紙を見て、奈美が尋ねてきた。

「前の客の忘れものだ」

「ふうん」

サカキが座っていた席でコートを脱ぐと、奈美はぼんやりとした様子で頬杖をつき、窓の外へ目をやった。とっくりのセーターから覗《のぞ》く白い首筋が、妙な色気を放っていた。届いた紅茶をスプーンでかき回す仕草は手持無沙汰《ぶさた》といった雰囲気だった。

「なんの用だよ」芳雄はぶっきらぼうに訊いた。

「用もなしに会っちゃ駄目？」

「ずっと連絡もなかった」

「あなたこそ」

「おれは――」いいかけて顔を逸らした。「忙しかった」

「わたしだってそう。いろいろね」

すうっと沈黙がおりた。二人でよく待ち合わせに使った喫茶店の、見慣れた内装や座り慣れた椅子が、なぜかよそよそしく感じられた。何かが決定的に変わってしまっていた。芳雄はそれをいい表す言葉を探したけれど、見つけたとたん現実になりそうな気がして、考えるのをやめた。

「就職が決まりました。春から働きます」

畏《かしこ》まった口調で奈美が告げた。「そうか」と芳雄は返した。「今日はその報告ってわけだ」

「お祝いしてくれとはいわないけど」

奈美を見ることができない、子供な自分が嫌になった。

「あなたはどうなの、最近」

「……東京を離れるかもしれない」

「実家に帰るの？」

「かもしれない。いや、たぶん、それはないけど」

「じゃあ、どうするの？　仕事は？」

「今の所は辞める。そのあとは——何かする。何か」

「そう……」ともらして奈美は黙った。芳雄も外を見たまま、口を結んだ。

「仕事は続けてほしいけど」

「関係ないだろ」

「なぜ？」

「なぜって……」

「わたし一人では無理よ」

その言葉の意味がわからなくて、芳雄は奈美を見た。

「アパートを借りるなら、二人で働かないと」

「え？」

「一緒に暮らしましょうよ」

あまりにも自然にいうものだから、芳雄はぽかんと口を開いてしまった。

「ウチの親は反対するでしょうから、自分で稼がないとね。ちゃんと仕事をして、生きる手段を身に付けて、初めてわたしたちは選べるんだと思うの」

だから——と奈美が続けた。

「あなたも選べるようになってほしい。自分の人生を。そしてできれば、わたしを選んでほしい」

奈美が、真っ直ぐ芳雄を見つめてきた。

「今度はあなたから連絡をください。待っています」

伝票を手に奈美が立ち上がり、芳雄は固まったまま、彼女がテーブルに滑らせたメモを見つめていた。素っ気なく、電話番号が記してあった。


渋谷から新宿にあるジャズ喫茶まで小一時間歩いた。薄暗い店内には素性の知れない若者がたむろし、煙草の煙が目に染みた。

「珍しいな」藤本が迎えてくれた。

「かかってるのはなんだ?」

「お前にジャズがわかんのか?」

藤本が口にした横文字のバンド名は、二秒もせずに芳雄の記憶から消えた。

「サカキに会ったよ」

「本当か?」

「運動はやめたってさ」

「そうか……」

ちょっと待ってろ、と藤本が奥に引っ込んで、芳雄はもしかしたらもう二度と聴くことがないかもしれないトランペットの音色に身を浸した。

「飲めよ」戻った藤本が、残りわずかになったウイスキーのボトルを差し出してきた。「くすねてきた」

「クビになるぞ」

「ちょうどいい」

「だな」

携えていた新聞紙を差し出すと、藤本は訝《いぶか》しげな顔をした。目で促し、記事を読ませる。やがて藤本は「おっ」と声をもらした。

サカキが置いていった新聞紙に載った記事——それは都内の銀行に現金数百万円を求める脅迫状が届いていたという内容だった。

「企業じゃなくてよかったんだ」

芳雄はウイスキーを喉に流してから呟いた。

「銀行でいい。銀行が脅されていたら、それで充分だ」

藤本のギラついた目がこちらを向いた。

「やるのか?」

「これ以上の条件はないだろ」

「いつ?」

「給料とかボーナスを運ぶ日は決まっているって、お前いってたじゃないか」

藤本が唾を飲んだ。

「輸送車が銀行を出たところを狙うんだな？」

芳雄は頷いた。「次のチャンスで決行だ」

「次って、早すぎないか？」

「そこはギャンブルだ」

不規則に思えるドラムのソロが流れ、芳雄は静かな酩酊《めいてい》を感じながら藤本に笑ってみせた。

「大丈夫だよ。おれたちは」

「——早上がりしてくる。前祝いをしようぜ」

一人残された芳雄は天井を見上げた。たった一口のウイスキーで頭がくらくらしていた。白い煙がそこら中から立ち上って、視界はぼやけていた。笑い声がしたし、怒鳴るようにまくし立てる議論の声もあった。音楽はピアノの甲高い音色に変わっていた。何が良いのか、さっぱりわからない。グループサウンズのほうがよほどいい。

藤本が見せた興奮や高揚が、自分の中にまったくないことが不思議でしようがなかった。今、この身体に満ちている空白の正体がわからずに、芳雄は戸惑っていた。一方で頭の醒《さ》めた部分を、妙にはっきりとした確信がよぎっていた。

たぶん、おれたちは失敗する。

なぜかそれは、動かしがたい必然のように思われた。

後戻りなんてできやしないんだ――。

芳雄はそう思おうとしたけれど、そこにはやはり、興奮も高揚もなかった。

――一緒に暮らしましょうよ。

なぜ、頷けなかったのだろう。わからなかった。金を摑んで、自分は何をしたいのだろう。それとも金を摑むことそれ自体を、おれは求めているのだろうか。

この計画をやり遂げたら、人生は変わるのだろうか。しかしいったい、どんなふうに。

「飲もう」

戻って来た藤本とともに、芳雄は街へ繰り出した。

7

二日酔いで寝坊し、出勤したのは昼過ぎだった。社長から散々文句をいわれ、奥さんにも嫌みを投げつけられた。そこになんの苛立ちも感じない自分が意外だった。

残業を命じられ、社長たちが帰った後、一人で黙々と作業を続けた。こうした日常がもうすぐ終わりを告げるのかと思うと、未練のようなものを覚えないでもなかったが、はたして惜しんでいるのか恐れているのか見極められず、宙に浮いた気分のまま、ふらふらと時間をやり過ごした。

少し呆けていたのだろう。どぼん、と深い水たまりを踏んづけた。靴の中がびしょ濡れになった。気色悪い感触がした。なんとなく、唾を吐いた。

替えの靴がないかと事務所へ向かった。社長の腐ったシューズしか見当たらず、やる気が失せた。ひと息つこうとラジオをつけた。夜のニュースが始まった。芳雄は突っ立ったまま、呼吸も忘れ、それに聞き入った。

本日午前九時二十分頃、東京都府中市栄町《さかえ》、学園通り、土砂降りの雨の中――。日本信託銀行国分寺支店を出た現金輸送車が白バイに命じられ停車。白バイ隊員を装った男は「爆弾が仕掛けてある」などといって運転手らを遠ざけ、発煙筒を焚《た》いた。煙を前に立ちすくむ面々と偽装した白バイを残し、男は輸送車を運転し逃走。いまだ捕まっていない。

輸送車には東芝府中工場のボーナス、およそ三億円が積まれていた。

誰もいない事務所で、芳雄は身動き一つとれずにいた。こんなに寒いのに、だらだらと汗が流れた。

やがて理解した。

おれたちは、誰かが組み立てた犯罪を、偶然その通りに実行しようとしていたのだ。まったく同じ手口を使ってやろうとしていたのだ。違いはただ一点、ボーナスがなんなのか知りもしないおれたちの狙いが、次の給料日だったことだけ。あと二週間、もしもそれだけの猶予があったなら、これはおれたちの事件だった。

だが、そうじゃなかった。

立ちくらみを覚えた。頭は真っ白で、身体に力が入らなかった。

芳雄はふらふらと事務所を出て、工場の外、廃車置き場に隠してあるビニールシートを取り払った。

白く塗られたヤマハが、そこにあった。

芳雄は跨って、エンジンを入れるためにペダルをキックした。かからなかった。雨のせいなのか故障なのか、ついこの前、藤本と試運転した時は快調だったエンジンは、ウンともスンとも鳴いてくれない。

キックしながら、芳雄は心の中で呟いた。

おれたちじゃなかった。

いいいいいいい、おれたちじゃなかった。

藤本に報《しら》せなくては。

それとも、奈美に会いに——？

呆然《ぼうぜん》とする心の片隅に芽生えた安堵《あんど》を持て余し、芳雄はヤマハのペダルを、いつまでもいつまでもキックし続けた。

でこぼこの地面にできた水たまりが、その姿を映していた。

論リー・チャップリン

月曜日

金をよこせ――。堤下勝《つつみしたまさる》にそう凄《すご》まれたとき、与太郎《よたろう》はぽかんとしてしまった。

堤下勝と呼べば他人行儀に聞こえるが、勝は与太郎の、れっきとした一人息子だ。

「金って――」夕食後のリラックスタイム、開けたばかりの缶ビールをダイニングテーブルへ戻し、首を捻《ひね》る。「遠足か何かか?」

与太郎は、息子の学校行事に疎《うと》かった。中学校に遠足があるのかすらよく知らない。

「馬鹿じゃねえの?」吐き捨てた勝の顔は、心底「うぜえ」といった様子で、ひそめた眉《まゆ》の薄さはファッションでなく遺伝だった。

「じゃあ、教科書か」

「違《ちげ》えよ。理由なんて要らねえだろ」

「いや、要るだろ、理由は」

どう考えたって必要だ。学校事情には疎くとも、経済事情なら心得ている。堤下家に贅沢《ぜいたく》をする余裕はない。

勝が乱暴にテーブルを叩《たた》いた。「遊ぶ金に決まってんだろっ」

「何をして遊ぶんだ。野球か？」

ゴルフだったらどうしようと、与太郎は思っていた。かつてはセレブのスポーツも、ずいぶんハードルが下がったと聞く。教養として、小学生のころからレッスンを受けさせるなんて話もある。金ばっかりかかって……と、職場の同僚が愚痴っていた。

「サッカーのほうが楽しいと思うんだが……」

「ごちゃごちゃうるせえっ」勝の、青っ白い肌が赤らんだ。「いいから、さっさと金をよこせよ」

なかなか理不尽な要求だったが、与太郎は物分かりのいい父親を目指していた。幼いころに離婚し、さみしい思いをさせてきた負い目があるのだ。

子どもには、子どもの事情があるのかもしれない。

空咳《からせき》をしてから訊《き》く。「幾らほしいんだ」

「とりあえず、十万」

「じゅうまん？」

ＭＡＸ三千円で考えていた与太郎は、これがはたして日本円レートなのかを疑った。おまけに「とりあえず」とは何事か。

勝には毎月三千円の小遣いを渡している。そのほかちょこまか請われるときも、半分以上は応じている。小銭を惜しむほどケチじゃないつもりだが――。

「そんな大金、理由もなくあげられるわけないだろ」

限度はあった。

椅子に背をあずけた勝が細いあごをしゃくり、見下す目を向けてきた。

「だったらコンビニへ行く」

「コンビニ？　立ち読みにか？」

「強盗するんだよ」

「ごうとう？」

我ながら、素っ頓狂《とんきょう》な声になった。

「馬鹿っ」思いつくまま怒鳴る。「コンビニに、そんな大金があるわけないだろ！」与太郎には学生時代、コンビニでバイトをした経験があるのだ。「せいぜい三万とか五万くらいしかないんだぞっ」

「だったら二軒三軒、襲うだけだ」

だったら二軒三軒、襲うだけだ――。こんな安っぽい犯罪映画の台詞《せりふ》を、十三歳の少年が吐く時代なのだろうか。

「お前、正気か？　そんなことしたら警察に捕まるんだぞ。警察に捕まったら、ブタ箱に入れられるんだぞ？　ブタ箱は、とっても不快な場所なんだぞ」

与太郎にブタ箱の経験はなかったが、犯罪映画はわりとよく観ていた。

「将来だって、めちゃくちゃになる」

「将来なんてどうでもいい」

「どうでもよくないだろ、将来は」

丸いに決まってるだろ、地球は――というくらい、与太郎には自明だった。

ところが勝は、しれっとしている。

「どうでもいいんだよ。本人がどうでもいいといってんだから」

一理ある、と思いかけて首をふる。詐欺にあっている気分だ。

「逮捕されたってかまわねえ。前科がついたってな」

いや、お前はまだ、ぎりぎり前科のつく歳じゃない――といいかけたが、そういう話ではなさそうだった。

「好き勝手しても、おれは困らないんだよ。むしろ困るのは、あんただろ」

「へ？」

「息子が犯罪者になったら困るだろ？　近所に白い目で見られるし、ニュースになったら仕事もどうなるかわかんないぜ」

「いや、いやいや。おれが無職になったらお前だって困るだろ」

「別に。そんときは、もっと悪いことをすりゃあいい」

前向きすぎるだろっ！

心の叫びが声になる前に、勝がつづけた。

「そうなったらあんた、もっと困るぜ？　再就職もできなくなる。人生おしまいだ。だからあんたはおれを止めるために、金をよこさなきゃいけないんだよ」

そのアクロバットな論理に、引っくり返りそうになった。

呆然《ぼうぜん》と、目の前の息子を見つめる。密度が薄めの縮れ毛、ひょろりとした体格、のっぺりとした顔のつくり。文字通りの生き写し。ＤＮＡ鑑定の出る幕じゃない。

なのに今、勝は父親とは縁のない乱暴な口調で、極悪そうな表情を浮かべている。

「いいか？　金曜までに十万だ」

金曜までに、十万……。

ふん、と鼻を鳴らして立ち上がる勝の背中を与太郎は、やっぱり呆然と見送った。口を半開きにしたままぼんやりと、貴重な缶ビールがすっかり温《ぬる》くなっていることに気づいた。

火曜日

親戚《しんせき》の友だちの、知り合いの話なんだけどさ——。そんなふうに、与太郎は切りだした。場所は地上七階、屋外にある非常階段の踊り場だ。相手は、娘さんにゴルフを習わせている同僚の塩地《しおじ》である。

早めに出勤し待ち構え、塩地が姿を現すや、ワイシャツの袖《そで》を引っ張った。事務局のフロアから廊下に出てまっすぐ進み、防火扉をくぐる。暗いバックヤードを抜け、非常扉を開けると、ようやく安息の地にたどり着く。嫌煙ブームのあおりを受け、ビルから喫煙コーナーが消えて久しい。与太郎たちが灰を落とす出所不明の缶カンも、社内の有志が密《ひそ》かに設けた非合法の品であり、我が社のスモーカーたちはこの隠れ家で雨の日も風の日も、不法滞在者の気分でニコチン摂取に勤《いそ》しんでいた。

「ふうん。そりゃあ、大変だなあ」

勝のトンデモ理論を話し終えると、エコーを吹かす塩地が嘆息した。のんきな口調にカチンときたが、塩地にとっては同僚の親戚の友だちの知り合いの息子の話、つまり文句なく他人事《ひとごと》であったから、与太郎は腹を立てつつ「な」とか「うんうん」だとか、適当な相槌《あいづち》を打った。

塩地が厚い唇をニヤリとさせる。「そんな息子に育てちまった、親の顔が見てみたいぜ」

「え？　親の顔は、まあ、見なくてもいいいんじゃないかな……」

たいしておもしろい顔でもないし。

「子どもは親の影響だけで成長するわけでもないし……」

「いいや。親は大切だ。親の人格はもちろん、何より親が用意する環境が大切だ。金もそう、服もそう。飯も、教育も。どこに住むかだって、決めるのは親だ。住む場所によって友だちが変わる。学校が変わる。変な大人と出会うかどうかもな。つまり、環境教育ってやつだ」

与太郎は嘆きたくなった。正直、そこまで考えたことはない。妻と別れ、勝の手を取り、住んで食っての生活を優先してきたのだ。微に入り細に入り検討し、マンションを決めたわけでもなければ仕事を決めたわけでもなく、お稽古事《けいこごと》を選ぶ余裕だってなかった――はずだ。

娘さんのレッスン料を捻出《ねんしゅつ》するため安煙草しか許されていない塩地が満足げに、「それが親の務めだよ」とエコーの煙を空へ吐いた。

親の務め。それは与太郎たちが働く会社の、合言葉みたいなものだった。国語算数理科社会、英会話、はては柔術介護なるものまで、ありとあらゆる分野の教材をそろえ、通信講座として売りさばく会社なのである。『健全な教育は親の務め、教養を身につけるのも親の務め』。その殺し文句は平凡ながら印象的で、「○○は××の務め」という言い回しは社内ジョークの定番となっている。

塩地は営業部のベテラン。与太郎は再就職の契約社員で、末端の事務員だ。

「でも、でも」

与太郎が聞きたいのは、そんなお説教ではなかった。

「とりあえず、そんなふうになっちゃった場合、どうしたらいいと思う?」

「相手にしなきゃいい」

「え？　コンビニ強盗をするっていってるんだぞ」

「しない、しない。百パーセント、口だけだ」

そういわれると不愉快だった。

「いや、あの子はやる。きっとやる」

父として、勝が口だけの腰抜け野郎だと認めるわけにはいかない。

「そんなに知ってる仲なのか？」

え？　いや、いろいろ詳しく聞くうち、たぶん、きっと、そうなんじゃないかなあって……

与太郎のヨレヨレのごまかしを、塩地は聞き流してくれた。

「まあ、だったら、ぶん殴っちまうのが早いんじゃないか」

「子どもをか？」

「コンビニ店員を殴ってどうすんだよ」

それはその通りだ。

「『ガキのくせに生意気をいうんじゃねえ！』ってな」

「ぎゃ、虐待にならないか？」

「程度によるだろ」

知らないけど、と無責任なことをいう。

「考えてもみろ。ガキが逮捕されないのはなんでだ？　逮捕というか、社会的な責任を取らなくてもいいわけだろ？　それは成熟してないからだ。じゃあ成熟ってなんだ？　簡単にいやあ、『話せばわかる』ってのが成熟だろ？」

ふむふむ、と与太郎はうなずいた。

「つまり、話してもわかんないわけだよ、ガキは。それがガキの定義なんだ。じゃあ、どうする？　身体でわからせるしかないだろ」

マジですか、と与太郎は思った。思ったが、口にはしなかった。きちんと言い返せる自信がなかったからだ。

「なんの話ですか？」

最果ての喫煙コーナーに、寒川《さむかわ》という営業部の若手がやって来た。社内随一のヘビースモーカーで、煙草会議の常連である。

「サムちゃんはどう思う？」

塩地が断りもなく、与太郎の親戚の友だちの知り合いの息子さんということになっている勝の話を披露した。

「ふーん。大変ですねえ」

寒川の覇気のない嘆息に、与太郎は思い知った。しょせん他人事なのだと。

「でも、殴るにしても気をつけないと」

「気をつけるって――」与太郎は寒川に訊いた。「虐待にならないようにってこと？」

「まあ、それもそうですけど」寒川が返してくる。「往々にしてやりすぎはありますしね。でも、返り討ちにあうほうがマズいでしょ。息子のわがままを偉そうに叱って返り討ちって、涙ぐみませんか?」

涙ぐむ。想像しただけで与太郎の目頭は熱くなり、肝は冷えた。

「もう二度と、親子の立場は入れ替わらないでしょうね。この先ずっと、風下です。いいなりです。たとえ警察や公的機関の力を借りて問題を解決しても、息子さんとの関係は終わりでしょう」

寒川は淡々と語りながら、ラークの煙に目を細めた。

「だから、やるなら徹底的にです」

「それも、親子関係はおしまいな気がするけど……」

「まだマシですよ。子どもは成長して父親を倒す可能性が残りますけど、未来のない父親が息子に負けたら、もう駄目ですから」

勘弁してくれ。そこまで自分は追いつめられた状況なのか。何より与太郎に、取っ組み合いで白星をあげた歴史はない。勝負にすらならないケースがほとんどで、その中には妻との夫婦喧嘩《げんか》も含まれていた。

自分とうりふたつの十三歳を相手にしても、勝てるビジョンが浮かばない。

恐る恐る訊く。「徹底的にっていうけど、虐待だと訴えられたら、それこそ目も当てられないんじゃない？」

「法律なんて、やりようですよ」

寒川が、口もとをニッとさせた。「こんな話があります。ある男が、女性を強姦《ごうかん》しようとして拉致《らち》しました。彼女が暴れるものだから、手にしたハンマーで何度も何度も殴りました。二十回くらいです。彼女はずいぶん頑張りましたが男はプロレスラーみたいな体格で、女性が敵《かな》う相手じゃなかった。最終的に彼女は亡くなり、男は捕まります。その裁判で、弁護士がこう主張したそうです。『彼がほんとうに彼女を殺害するつもりなら、一発か二発で充分だったはずだ。二十数回の殴打の痕《あと》は、彼に殺意がなかったことの証拠である』」

与太郎は、意味がわからずぽかんとした。

寒川がうれしそうに微笑んだ。「まあ、そういう顔になりますよね」

「そ、それ、まさか、殺人と認められなかったなんてことは――」

「判決までは知りません。でも、こういう理屈が公の場で語られる世の中なんです」

啞然《あぜん》としながら、ちょっと待て、と与太郎は気づいた。

「寒川くん。結局、ぼくの親戚の友だちの知り合いの父親は、どうするのが一番いいの？」

聞きたいのは社会分析ではないのだ。

「できれば、暴力はなしで」

もっと自分に合った感じで、ぜひ。

寒川が、なで肩をすくめた。「まず、十万をあげるのはなしです」

「やっぱり？」

「ええ。一度味をしめたら最後、しゃぶられるだけしゃぶられますよ」

ぞっと背筋を凍らせる与太郎に、寒川が気安くいう。

「突き放してみてはいかがです？」

「突き放す？」

「ええ。その息子さんは、いわば自分の未来の犯罪を人質にお金を要求しているわけですから、その人質には価値がないと伝えればいいんです。ようは、縁を切ると」

「き、切れるものかな、縁って」

「脅しです。脅しに脅しで返すんです。捕まりたければ勝手に捕まれ。おれは知らない――って。なんだかんだいって捕まるのは馬鹿らしいですから、心変わりするんじゃないですか」

そろそろ朝礼ですね――寒川のつぶやきを機に、早朝の煙草会議は散会した。ついに与太郎は一本も煙草を吸えなかった。


その夜、キッチンに勝を呼びつけ、テーブル越しに向き合った。父親の威厳を強調すべく胸を張り、口をへの字に保った。不貞腐《ふてくさ》れた態度の勝に、断固たる決意を滲《にじ》ませ、告げる。

「十万はやらない。強盗をしたければしろ。そのときは、お前との縁を切る」

どうだ！　と与太郎は、息子の反応をうかがった。

「へえ」勝は気のない返事をした。

「縁を切るって、具体的にどうすんだよ」

「具体的に？」小首を捻りそうになった。「……それはお前、弁護士さんに相談したり、役所に手続きに行ったりしてだな」

「おれ、未成年だぜ？　縁を切りたい、ハイそうしましょう、ってなるもんかよ。それって、保護責任者不保護じゃねえの？」

「保護、責任者、不保護……」

「それにもし、書類上の縁が切れたとしても、おれはあきらめないぜ」

「あきらめない？」

「ああ。しつこくしつこく、あんたにつきまとう。つきまとって、迷惑をかけつづけてやる」

なんだこの、漆黒の呪いみたいな宣言は。

「あんたが引っ越したらそこに行くし、息子を名乗って職場も訪ねる。こちとら嘘偽りない息子さまだ。書類がどうだろうと、この面を見りゃあ誰だって信じるさ。未成年の息子を捨てて邪険にする男に、周りの人間はどんな目を向けるだろうな」

「待て待て。ちょっと冷静になりなさい」

与太郎は深呼吸をした。

「いいか？　おれはなんといわれようと十万はあげないぞ。どうせコンビニ強盗は失敗する。お前は捕まり損だ」

「損とか得とか、勝手に決めつけてんじゃねえよっ」

　まさか息子に、こんな青春ドラマの主人公みたいな台詞をぶつけられる日がくるとは。

「警察に捕まるのが損だって誰が決めたんだ？　そんなもん、人それぞれだ。価値観は多様化してんだよ」

　そこまでは多様化してないだろ、と与太郎は思ったが、議論しても負ける気がして、切り口を変えた。

「待て。いいか、よく考えろ。お前もいつか父親になるんだぞ？　そのとき、同じことをされたらどうだ？　こんな無茶なやり口が広まったら大変だぞ。ただでさえ少子化なのに、みんな、もっと子どもなんかほしくなくなる。そしたら世の中はどうなる？　いずれ人がいなくなって、人類は衰退の一途をたどってしまうんだぞ！」

「いいよ」

「へえ？」

「衰退したらいいじゃねえか。何が困るんだよ」

　唖然とする与太郎に、勝が説く。

「おれは親にならない。子どもはつくらない。おれは、おれが死んだらおしまいだ。自分の人生だけを精いっぱい楽しむつもりだ。その先のことなんか、知ったことじゃねえ」

詰んだ——と、与太郎は感じた。これ以上話し合っても、たぶん平行線。すれ違いつづけるに違いない。

あとはもう、事務的な質問を繰りだすくらいしか、できることはなかった。

「……十万を、何に使うんだ？」

「遊ぶ金だっていってんだろ」

「それじゃあ納得できない。誰と、なんの遊びをするのか——」

「あんたには関係ない」

「こっちはスポンサーだぞ！　内容もわからずに投資する馬鹿があるかっ」

これはなかなか響いたようだ。「ちっ」と舌を鳴らし、勝が目をそらす。

「子どもを、自分の所有物だと勘違いしてねえか？」

別に、響いたわけではなかったらしい。

「おれにだって人権はあるんだぜ。何をしたいかって、それは内心の自由だろ。個人情報だ。子どもの個人情報は親のものって法律でもあんのかよ」

ありそうな気はしたが、六法のどれで、第何条かと問われたら答えられない。

というか——。

「お前こそ親を脅してるじゃないか。立派な脅迫罪だぞ！」

これは刑法だと、自信がもてた。

「じゃあ訴えたらいいじゃねえか。恥をかきたいならそうしろよ」

「ひ」

卑怯者《ひきょうもの》！

喉《のど》もとまで出かかった言葉を、かろうじてのみ込む。息子に投げつけてよい台詞じゃない。

それをいったらおしめえよ、ってやつである。

「いっとくけど、もしこのことを警察や児童相談所《じそうだんじょ》にタレ込みやがったら、おれは全力であんたを貶《おとし》めるからな」

「貶めるって……、何をするつもりだ」

「え？　ああ」

「去年まで、一緒に風呂《ふろ》に入ってたろ？」

勝との数少ないスキンシップの時間は、彼の強硬な反対で今年から廃止されていた。

「そのとき、おれのチンコを舐《な》め回したろ？」

「はあ？」

「おまけに毎晩、あんたのを握らせたな」

「いやいやいや」

なんだその下品な悪夢は！

「お前、大丈夫か？　カウンセリングとか行ったほうが……」

「馬鹿か。そういう話をするってことだよ」

「……えーっと、つまりこういうことか？　お前の脅迫を外の人間に相談したら、おれから性的虐待を受けていたって嘘をつくと？」

「ああ、そうだ」

「ひ」

　息が詰まった。

「卑怯者！」

　勝は鼻で笑った。与太郎の頭に血がのぼる。

「そんな嘘、すぐバレるに決まってるだろっ」

「性的虐待は、そもそも証明が難しい。往々にして水掛け論になりがちだ。そしてたいていの人間は、弱い立場の味方をしたがる」

　悪徳弁護士みたいな口調だった。

「おまけにあんた、風呂の写真をスマホで撮ったりしてたよな？」

　仲睦《なかむつ》まじい親子の記念写真のつもりで。

「おれは嫌そうな顔をしてたはずだ」

　かなり、不機嫌だった。

「あれは充分、性的虐待の状況証拠になるんじゃねえか」

なんてことだ。完全防水のスマホを買ったばかりに！

「消しても無駄だぜ。あの写真、あんたのパソコンからおれのスマホに転送してあるから」

与太郎は、何も言い返せない。

「あんた、もう詰んでるんだよ」

血の気の引いた頭で、少年漫画の決め台詞みたいだなあ、と思った。


国際電話をかけるのは久しぶりだった。事前にメールで都合を確認してあったから相手はすぐでた。

〈勝がどうかしたの？〉

別れた妻の倫子《りんこ》が、「日本は雨なの？」くらいの調子で訊いてきた。

事のあらましを伝えるあいだ、与太郎は自室のパソコンからお風呂写真を削除した。勝は無駄といったけど、なりふりかまっていられない。

話を聞き終えた倫子の反応は、あらまあ、だった。

〈あの子もずいぶん、悪知恵が働くようになったのねえ〉

そののんきさに、呆《あき》れを通り越し怒りがわいた。

「悪知恵なんてレベルじゃない。オレオレ詐欺も真っ青だ」

〈あなたの歳でオレオレに引っかかったら、ただの間抜けと笑われそうね〉

愉快げな声にくらくらした。

「真剣に聞いてくれ。このままじゃあ、親子関係どころか、勝の将来が危うい」

〈ふうん〉

「ふうんって、心配にならないのか？」

〈心配？　なんで？〉

「なんでって……」

〈たくましく育ってるみたいで結構じゃない〉

た、たくましい？

怒りが自制を突き抜けた。

「そ、それでも君は、母親か！」

〈あーーー〉

うんざりとした音色が長く響いた。

〈はいはいはいはい、出た出た出た出た。困ったときの子宮幻想が出ましたよ〉

不覚にも与太郎は、苛立《いらだ》ちと嘲《あざけ》りのまじった言い草に懐かしさを覚えた。

〈お腹で育てて乳あげて、だっこしておしめ替えただけじゃない。愛を押しつけられる根拠は何？〉

「根拠って……母親は、そういうもんだろ」

〈だからその、そういうもん、て根拠を示してよって話でしょ？〉

勝のルックスは与太郎のコピーだが、性格は母親似に違いない。

〈ほら黙っちゃった。まあ、いいわ。もちろん勝に愛情はある。知らない仲じゃないしね。だから、力になってあげてもいい〉

その言葉を待っていた。

〈あげたらいいんでしょ？〉

「え？」

〈お金〉

倫子が、ひと欠けらのためらいもなくつづける。

〈十万くらい、お小遣いで送ってあげる。中学校の入学祝ね〉

思わず「よろしく」といいそうになるのを、与太郎はかろうじてこらえた。

「いや、ちょっと。そうじゃなく。それじゃあ根本的な解決にならないというか――」

〈なら、こっちに来る？〉

「は？」

〈わたしが勝を引き取ればいいんじゃない？　だってお金の問題は、あなたの甲斐性《かいしょう》の問題だもの。ウチならそんな小銭で揉《も》めることはない〉

倫子は三年前、シンガポールのフルーツ成金と再婚していた。

〈そっちはそろそろ夏休みでしょ？　タイミングも悪くない。ちょうど彼のプラントで、人手が不足してるみたいだし〉

「おい。まさか勝を、小作人にするつもりか？」

〈あら、小作人差別？〉

与太郎は黙った。

〈大げさに考えないでよ。仕事を世話するだけじゃない〉

「き、君は、息子をなんだと思ってるんだっ」

〈何って、人間よ〉

あまりにしれっというものだから、思わず納得しそうになった。

「いやいや、いや。人間は人間だが、ぼくと君にとってはかけがえのない一人息子じゃないか」

〈世襲制ってどう思う？〉

「へ？」

〈政治家とか、大企業とかの〉

「いや、まあ、その、あまりよくない気が……」

〈でしょ？〉

なんの話だ。

〈気づいてないの？　あなた、世襲制はよくないとかいうくせに、自分の子どもを独立した人間として扱うのは薄情だって指を差してるのよ〉

やってらんないわ、と嘆かれ、与太郎は身もだえしそうになった。

〈そもそもふつうの人間は、お金のために働くものでしょ？　ただのお小遣いより、よほど健全じゃない〉

「ま、勝はまだ十三歳だ」

〈こっちでは珍しくもない。子どものころから働いて、学校に通って、成功した人なんてごまんといる。狭い常識をふりかざす時代遅れを、少しは自覚したほうがいいんじゃない？〉

うぐぐっ。

〈あなたはいっつもそうね。うじうじ悩んで、決断ができなくて。男なら、引っぱたいて従わせるくらいでなくちゃ〉

「そ、それこそ男差別だ！　ダブルスタンダードだっ」

〈はあ？　個人の好みを否定される覚えはないんですけど〉

いぎぎっ。

ほんと、頼りにならない。別れて正解だった。くっついたのが失敗だった。勉強代にしては高かった。この世の中で、時間ほど高価なものはないんだから——。

それはこっちの台詞だ！　と返したかったが、実は今でも未練があって、だから大人しく唇を噛《か》むに甘んじた。

〈そんなんだから、勝になめられるのよ〉

与太郎は静かに通話を切った。倫子はかけ直してこなかった。がっかりした。

水曜日

与太郎の心を映したように、空はどんより曇っていた。この昼休み、飯を食いに行く気になれず、与太郎はずっと非常階段に腰かけていた。愛用の電子煙草を吹かしてみても、美味《うま》いもまずいも感じなかった。

「降りそうですね」

寒川が姿を見せた。だるそうな仕草で、テイクアウトの袋からタコスを取りだす。食欲をそそる香りが漂う。

「アポロン広場のキッチンカーで買ってきたんです」

「へえ……」会社から一番近い駅のそばにある円形の広場は、昼でも夜でも毎日、何かしら賑《にぎ》わっているホットスポットだ。

「流行《はや》ってるみたいですね、ああいうの。塩地さんが新しい講座にならないかって調べてるそうです。あの人、フクロウカフェとか缶詰バーとか、ニッチな起業系の企画が好きだから」

「ふうん……」おしゃべりの気分じゃない与太郎は生返事で切り上げ、ため息をついた。

「どうなりました？」

タコスを食い終わった寒川が、ラークに火をつけた。「息子さん」

「ええ？」与太郎は慌てふためき、「いやいや、あれは、親戚の知り合いの友だちの……」と
ごまかそうとしたけれど、なんだかそれも面倒になった。

「……寒川くん、今どきの中学生が十万円ほしがる理由ってなんだと思う？」

寒川はまだ二十代前半だ。頑張れば、勝と同世代にくくれなくもない。

「君ならどう？　子どものころ、大きなお金が必要になったことはある？」

「ないですね。ぼくはパソコンとネットがあれば満足だったたんで」

パソコンなら与えている。与太郎のお古で、三世代くらい前のやつだが、中学生には充分だ
ろう。たぶん。

「何かトラブルじゃないんですか？」

「いや」と与太郎は、揺れるように首をふる。「どうもそうじゃないらしい」

昨晩、倫子との不愉快なやり取りのあと、与太郎は怯《ひる》む気持ちをふり払い、連絡網を引っ張
り出して勝の担任に電話をかけた。どうしたんです？　と応じた男性教師は怪訝《けげん》というよりも
迷惑げな声だった。

夜分にすみません、実はその、ちょっとお伺《うかが》いしたいことがございまして。あのですね、勝

についてなんですが、えっと、その、あの子は学校で、どんなもんでしょう？　いや、深い意味はないんです！　ただ、その、つまり、何かこう、問題を起こしたり、ご迷惑をかけていたりしてやいないかと……。え？　理由？　心当り？　いやいや、ぜんぜん、ほんの気まぐれで。ええ、ほんとに、唐突に、突然に、心配になりまして――。え？　何もない？　友だちとも上手《うま》くいってる？　じゃあ、じゃあ、部活の先輩とぎくしゃくしてたりは……え？　部活には入ってない？　あ、そうなんですか――。いや、でも、よく考えてみてください。何か、こう、思春期特有の反抗といいますか、無軌道な若者の抵抗といいますか……いや、あるはずなんです！　絶対、何か、鬱屈《うっくつ》が。あるいはやむにやまれぬ事情が！

与太郎がどれほど粘っても、担任は勝の異変を認めなかった。ついには、「いじめられてるといってくれ！」と懇願したが相手にされず、堤下さん、お酒はほどほどにしてください、と注意される始末だった。

与太郎は真剣に、学校の隠蔽《いんぺい》体質を疑った。

何か、あるはずなのだ。十三歳の少年が父親を脅して十万円を欲する、切実で、同情可能な、抜き差しならない、理由が。でなければ勝は、正真正銘の悪党ということになってしまう。

「悪党、ですか」

寒川と違い、与太郎は笑えない。悪党の父親――なんとおぞましい響きであろうか。

「そんなに思いつめなくてもいいんじゃないですか？　あんがい深い意味はないのかもしれませんし」

軽はずみで父親を脅すのも、それはそれで問題な気もするが。

「たんに堤下さんをやり込めたいだけかもしれませんよ。ゲーム感覚で理屈をこねて、『ハイ、論破』って競い合う時代ですから」

「SNSとかの話？」

寒川がうなずく。「一種のディベートですね。信念や価値観はあまり関係なく、相手を打ち負かせば勝ちなんです。きちんとした論理で戦う必要もありません。肝心なのは、勝ったように見せかけることですから」

粘着、嘲笑《ちょうしょう》、揚げ足取りにレッテル貼り——寒川が挙げるさまざまなテクニックを、与太郎は四十年以上の人生で一度たりとて磨いたためしがなかった。

「一番大切なのは負けないことです。議論の最中はたいていお互い上から目線、小馬鹿にした言い回しでマウントを取り合いますからね。そんな状況で負けを認めるのは、恥ずかしい。屈辱的です」

ニヤっと笑う。

「よって双方、なかなか負けを認めません」

「じゃあ、終わらせ方は？」

「優勢側は一方的な勝利宣言でおしまいにできます。劣勢側は論点をずらしつつ、あやふやな収束を目指すんです」

「結論は出ないの？」

「建設的な結論に達することは、ごく稀《まれ》でしょうね」

「じゃあ……」恐る恐る尋ねる。「勝ったら、どうなるの？」

「いい気持ちになれます」

「え？」声が上ずる。「それだけ？」

はい、と寒川が断言する。

与太郎には、未知すぎた。まったく理解の外である。

しかしもし、ほんとうに勝が「論破」を仕掛けてきているのなら。十万よりも、父親を虚仮《こけ》にするのが目的ならば。

「どうしたらいい？　ぼくは論破もディベートも素人《しろうと》なんだ」

「ほぼみんな素人ですけどね」可笑《おか》しそうにもらした寒川が、急に顔を近づけてきた。「プロを紹介しましょうか」

「プロ？　論破のプロなんて職業があるの？」

知らぬ間に、そこまで時代は進んでいたのか。

寒川の口もとがニヤリと歪《ゆが》む。「実は今、ぼくの主動でその方に、新しい講座をはじめてもらえないか打診しているとこでして」

「何者なの？」

弁護士、文化人、哲学者、お笑い芸人……。

ラークの煙とともに、寒川が答えた。「ユーチューバーです」

木曜日

彼はギラギラした照明を浴びていた。玩具《おもちゃ》みたいなサングラスをかけ、絵具をぶちまけたようなジャケットを羽織っている。ぴったりしたパンツ、テカテカのブーツ。うるさいダンスミュージックにさらさらの銀髪をなびかせ、異様に細長い手足をばたつかせ、ハスキーボイスのシャウトがつづく。

「ムカつくオヤジに会ったんだっ。ムカつく教師に会ったんだっ。いいか、よく聞け、教えてやるよ、そんな奴らの対処法。胸張って、道塞《ふさ》げ。通せんぼ、針千本。手はだすな、我慢しろ。代わりにひたすら口をだせ。ＢＡＤな罵倒《ばとう》にハッスルだ。さあオヤジ、そろそろ顔を赤くする。怒鳴り散らす五秒前。手をだすな。口をだせ。さあ、オヤジ。殴ってこい。そしたらてめえ、ブタ箱行きだ」

暴力は駄目ゼッタイ！　暴力は駄目ゼッタイ！

ユーチューバーといえば何か面白いことに挑戦したり、イタズラしたり、適当にだべったり、歌ってみたりのイメージだったが、彼はちょっと違った。サイケデリックなセットを背に、音楽に合わせアジりつづける。せわしない身ぶり手ぶりで延々と、ＰＴＡが怒るに違いない言葉を投げつける。

これが彼の、『教えてやる動画』なのだった。

「法治国家、マジ万歳！　国家権力、チョー便利！　法律、常識、総動員。良識、逆張り、オギノ式。使い使われ、四季折々。ノリノリ、相乗り、民主主義！　上手くやる奴の世界。おれは暴力を否定する」

決めポーズで悦に浸る彼を、与太郎は呆然と見つめた。

この日、与太郎は寒川に同伴して会社を出た。アポロン広場を過ぎ、ふだんあまり立ち寄らない繁華街のくねくねした小路を歩き、さびれた雑居ビルにたどり着いた。

湿った階段に、カンコンと革靴の音が響いた。階段をのぼり切った二階のフロアは、頼りない蛍光灯があるだけだった。

コンクリートがむき出しになった細い廊下の先に、いかにも怪しい曇りガラスの扉。そっけなく『論々カフェ』と記されている。

寒川に招かれるまま片開きの扉をくぐると、貧相なカウンターが目に飛び込んだ。地味なネットカフェかカラオケのそれを思わせる代物だった。

カウンターの中に立つバンダナの店員と親しげに挨拶《あいさつ》を交わしながら、寒川が備え付けの用紙に何やら書き込んでゆく。免許証をだせといわれ、その通りにした。一から十までチンプンカンプンだったが、この状況でお伺いを立てられるほど与太郎は無頼漢ではなかった。

手続きを済ませた寒川に付き従い、店の奥へ。扉がみっちりならぶ狭い廊下のどん突きに、まるで劇場の入り口みたいに重厚な、防音扉。

「ＯＮ　ＡＩＲ」のランプが光るその向こうでリハーサルをしていた彼が、この店のオーナーにして人気ユーチューバー、鰐淵《わにぶち》スナオだった。


「イエイ！」

決めポーズの鰐淵が、すらっとした人差し指でこちらにバキュンしてきた。

撃たれた！　みたいな小芝居は省略し、与太郎は畏《かしこ》まった。「あの、初めまして。わたくし、堤下与太郎と申します。本日はご多忙のところ――」

「ノンノン」鰐淵は、海外ドラマの大げさなパロディのように指を横にふった。「ビール？」

「いえいえ」慌てて手のひらで制す。「まだ勤務中なので、お酒はちょっと」

おかまいなしに女性スタッフが缶ビールとつまみを運んできた。肩丸出しのワンピース、巻き巻きの茶髪、くっきりした目鼻立ち、甘い香り、豊満な――いや、それはどうでもいい。

彼女がいなくなると、スタジオには鰐淵と与太郎の二人になった。寒川はちょっと遊んでくるといい残し、ずいぶん前にスタジオをあとにしていた。

壁ぎわのソファにどさりと腰をおろし、鰐淵が脚を組んだ。尖《とが》ったあごを突きだし、ぐびぐびとビールを飲み干してゆく。与太郎はサイドソファにちょこんと座り、ごくりと喉を鳴らしつつ会話の糸口を探った。

「あの……立派なスタジオですね」

町の写真館くらいの広さだが、照明も音響もしっかりしている。張りぼてのセットは安っぽいが、これはこれで味があるといえなくもなさそうだ。少なくとも与太郎に、こんな設備を用意する資金や人脈はない。

ぶはあ、とゲップする若者を、与太郎はあらためて眺めた。

近年メキメキと再生回数をのばしているユーチューバー、鰐淵スナオ。いかにも親のすねをかじっていそうなチャラ男のくせに、稼ぎは与太郎を超えるらしい。

なんだか納得がいかないが、今の与太郎は藁《わら》にもすがるし、若者のすねだってかじる所存であった。

「あのう、こちらのお店は、その、論破を扱っていると伺ったのですが……」

論々カフェの概要は寒川から聞いていた。店が提供しているブースの多くは個室で、いわゆるお一人様カラオケに近い。ブースの中にはパソコンが一台。そこにVR機器がつながっている。客はそれをかぶり、パソコンから論々カフェの独自アプリゲーム、『論破王』をプレイすることができる。『論破王』には初心者モード、ハードモード、対戦モード、癒《いや》しモード、バトルロイヤルなどなど様々な種類があり、客はオンラインの対人バトルかコンピューター相手の論戦を楽しめる。コンピューターには、これもカフェが独自に開発した人間の音声に的確な返答ができるレベルのAIが搭載されているらしい。値段は一時間千円から。ツインシート、パーティーシートの用意もあり、パックや会員割引といったサービスも充実しているとのこと。

「鰐淵さんは、どうしてこんな変――独創的な事業をはじめたのでしょうか？」

「なんでって――」鰐淵が、憎たらしく唇を歪めた。「儲《もう》かるじゃん」

「儲かりますか」

「じゃぶじゃぶ、ごっくん」

へらへら笑いながら、二本目の缶ビールを開ける。

ユーチューバーの稼ぎを元手に、彼が仲間と共同で店をオープンしたのは一年ほど前。口コミで広まり、今ではけっこうな売り上げをあげている。チェーン店化も間近だろう――そんなふうに寒川はいっていた。

共同経営者の仲間が開発したアプリは商標登録しており、配信ビジネスも考えているらしい。見た目に反し、意外にしっかりした実業家なのかもしれない。

しかし――。

「なぜ、論破が儲かると思ったんです？」

この点が、どうしてもわからない。

「コンピューターを論破したって何も得られないじゃないですか。いや、人間相手でも同じです。お金と時間と労力を費やして、相手をやり込めて馬鹿にして、勝ち負けに一喜一憂したところで、手に入るのはせいぜい『勝った！』という自己満足なんでしょう？」

話すうち、イライラが止まらなくなった。

「いったいみなさん、何が楽しくてこのお店へ足を運ぶんです？　いったい人は、何を求めて論破をするんですかっ！」

気がつくと与太郎は肩で息をしていた。拳《こぶし》を握っていた。血圧が上がっていた。頭には倫子の高笑いが響き、勝の冷笑が浮かんでいた。

ビールをなめた鰐淵が、へらりと答えた。

「賢さの証明」

「え？」

「みんな、自分の賢さを証明したいのよ。だってうれしいじゃん、賢いって」

「それは……まあ、そうかもしれませんが」

「マラソン選手っているじゃない」

「マラソン」

「あれって不思議に思わない？　基本あの人たち、二時間とか三時間、ただ走ってるだけだよね？　何百人とか走る中、入賞、優勝、絡めるのって一握りなわけでしょ、じっさい。なのに彼ら、走るじゃん？　三百位くらいの人、どんな気持ちなんだろうって気になんない？」

「えーっと……」

「おれはこう思うわけ。あの人たちたぶん、たんに最高の自分になりたいんだろうって」

「最高の自分？」

「そう。さすがに察するわけじゃない？　金メダルは無理だって。だけど走るの、全力で。汗だくで、勝ち負けなんか度外視で、ほとんど無意味な玉砕戦を」

「スポーツ選手こそ、勝敗にこだわってる気もしますが……」

「表向き、世間向け。生活かかってたりする場合。おれがいいたいのはそうじゃなく、損得抜きに人間は、結局走るだろうってことなわけ」

わかるような、わからないような。

「勝ち負けってのはようするに、物差しにすぎないの。これが自分の最高だって、みんなの賞賛、担保になるじゃん？　たとえ刹那《せつな》の勘違いであってもさ」

組んでいた長い脚を解き、鰐淵がじっと迫ってくる。

「で、たいていの人間って、マラソンの最後尾集団じゃん？」

その点は、深くうなずけた。我が身をふり返って。

「そこからマジ頑張って先頭集団に食らいつくって、チョーしんどいと思わない？　努力のコスパ、半端ない。リスク背負うの、怖い怖い。だけどどんなヘタレでも、やっぱり求める、珠玉の自分。飯食って家あって服着れて、それじゃあ足りない生きる意味。だから賞賛、求めるの。てっとり早い方法が――」

「賢さの証明？」

鰐淵が、パチン、と指を鳴らす。「賢さはタダだから！」と笑いだす。「汗かかない。筋肉痛とも関係ない。使えるロジック、ネットで拾って、クーラーがんがん、部屋でピザ、コーラ片手にタップしてタイプしてバズって悦。すげえお手軽、リーズナブル」

鰐淵の両手が、高速で動きだす。

「いいかい、ツツみーん、リッスン・トゥ・ミー。よく聞きな？　金もコネも学もねえ、老化の速度はハンパねえ。そんなおれらの武器は何？　使えぬナマクラ、これはナニ。サヴァイブ・スタイル、スレイブ・スマイル、ウケる、ヨユー、ワラワラワラ。おれは賢くやってんだ、お前らなんかと違ってんだ。ひねったオツムで遊んでんだ。ルールをクールにチートしてジョーク。フードをゲットするツールがジョブ。ラリってロリってラブってＢＡＮ」

後半、ちょっとわけがわからなかったけど、いつの間にか鰐淵スナオの言葉に聞き入る自分がいた。

二本目のビールを空にした鰐淵がノートパソコンをテーブルに置き、素早くタイピングしはじめた。「ノック、ノック、ハッキーング！」意味不明な雄たけびとともに、ぽーん、とエンターキーを押す。

パソコンから音声が流れてきた。

『喫煙ナンテ馬鹿ノスルコトニ決マッテルジャナイデスカ』

『決まってるってあなた、その理由をちゃんと説明してくださいよ』

舌足らずな女の子の人工音声と言い争っているのは寒川だった。

『健康被害ハ自明デショウガ。バンバン規制シタライインデスヨ』

『喫煙者はそんなこと百も承知で吸ってるんです。リスクと楽しみを天秤《てんびん》にかけて選択してるんです。車だってスポーツだって同じです。事故の危険性と利便性、怪我の可能性と運動の悦《よろこ》び。正と負の両面に折り合いをつけているんです』

『受動喫煙ハ、ドウナルンデス？　アレハ殺人未遂ニナリマセンカ？　未必ノ故意デスヨ』

『分煙したらいいでしょうが。だいたい受動喫煙の健康被害のデータの正確性の、明白な科学的根拠はどこにあるんです？　副流煙を毎分平均何ミリグラム吸いつづけたら身体のどの臓器が何パーセント損なわれるのか、それが副流煙だけの要因である条件も加味して、しっかりエビデンスを示してください』『ソコマデハ、ワカラナイデスケドモ……』『わからない？　わからないのに適当なイメージで喫煙者をDisってるんですか』『デモ――』『でも、じゃない。たんなるこじつけのヘイトスピーチじゃないか』『ソレハ、チョット、違ウヨウナ――』『ちょっと？　ような？　はあ？　思い込みで正義面すんじゃねえっ！　殺すぞ！』

「気持ちよさそうでしょ？」

音声を切った鰐淵がニヤリとした。

否定できなかった。怒鳴り散らす寒川の声にはどこか爽快《そうかい》さが漂っており、罵声と理屈を行き交う様は知的パンクロックといった趣きすら感じられた。最後のほうはいささか、もう論破とか関係ないのでは？　と思われたが。

鰐淵が颯爽《さっそう》と立ち上がり、ついさっき彼が立っていた場所を指す。「やってみる？」

「え？　いや、わたしは——」

「ツツみん、そのために来たんでしょ？　親子戦争のプラクティス、特別価格プライスレス」

ほら、ぐいっと、景気づけに一口いきな——ビールを渡され、断り切れず、与太郎は喉に流し込んだ。うっかりぐびぐび、飲んでしまった。

ステージの中央に立つ。両手でマイクを握る。天井の照明がぐるぐる回りはじめる。ふざけたダンスミュージックがズンタタと流れる中、与太郎の前で、同じくマイクを手にした鰐淵スナオがのりのりで腰をふっている。眩暈《めまい》がしそうだ。

「イエーイ、ツツみーん、マイ・ファーザー。おれに十万よこしなＹＯ」

後戻りできる空気じゃなかった。与太郎はうろたえながら、マイクのスイッチをＯＮにする。

「い、嫌だ。駄目だ。渡さない」

「なんでだＹＯ。だったらおれっちコンビニ強盗デビューだＺＥＹ」

「す、好きにしろ。どうせ失敗するんだぜい」

「失敗したって構わねえ。おれが捕まりゃあんたも道連れ、親子連れ。二人で泥船、共倒れ」

「ふ、ふざけるなっ」自分でもびっくりするほど大きな声が出た。それがマイクにのって反響し、心臓が高鳴った。「お、お前に子どもの情はないのか！　おれがお前をここまで育てるのにどれだけ苦労したと思ってんだっ。その――、その労力とコストを、ぜんぶ清算しろってんだ」

ひゃっはー、と鰐淵が小躍りした。「いいね、ツツみん、その調子。少しレベルを上げてくＺＥＹ」

ズンタタ、ズンタタ。

「――うっせえ馬鹿たれ、クソ親父。いいか、よく聞け、スカタン野郎。おれがお前に育ててくれと頼んだか？　生んでくれと頼んだか？　おめえが勝手にファックしてドッピュした結果じゃねえか、エロチンコ！」

ぐぬぬ。与太郎のマイクを握る手に力が入る。

「そ、それは違うぞ、我が息子！　たしかにおれはエロさにかまけてドピュッとしたが、おれのドピュにゃ子種がおおよそ一億個。競って一位になったのが、今のお前になったんだ。わかるか？　おれは選んじゃいない！　お前が勝手に受精《ゴール》したんだ！」

「YES、そうだ、その通りだ。どんどんどんどん上げてくZEY」

ズンタタ、ズンタタ。

「――マジ小っちぇえな、てめえのアスホール。こっちはぜんぜん平気だぜ。なんといわれたってめげないぜ。やるっておれは決めたんだ。心に強く誓ったんだ。損も得も知りゃしねえ。死んでもあんたを困らせる。それでどうする、クソ親父。止めれるもんなら止めてみな」

ぐぎぎ、と与太郎は歯を食いしばった。頭をフル回転させた。アルコールが巡り、様々な罵声が脳裏をよぎった。

しかし――。

「ぎ、議論にならん！」

膝《ひざ》に手をつき、与太郎は叫んだ。

「鰐淵さん！　駄目です。ここで打ち止めです。言い返せない」

物悲しい響きだと、我ながら思った。損も得も知ったこっちゃないといわれたら、打つ手がない。そもそも相手が和解の選択肢を放棄しているのだ。説得のしようがないじゃないか。

「おいおい、ツツみん、しっかりしろよ。あんた、勘違いしてんじゃね？」

「勘違い？」

「この期に及んでまだあんた、仲直りとか考えちゃったりしてるっしょ？」

きょとんとする与太郎に、鰐淵が捲《まく》し立ててくる。

「違う違う。論破したいならそれは駄目。おい、ツツみん、教えてやるぜ、よく聞きな。仲直りなんてくそ食らえ。相手の幸せなんてお構いなし。それが論破の鉄則だ。ただこの瞬間全力で、相手をぎゃふんといわせんだ」

「……でも、どうやって？」

「ほら、ツツみーん、いくぜリピート・アフター・ミー」

ズンタタ、ズンタタ。

「――いいか、ヘボ息子、よく聞けよ」

与太郎は半信半疑でリピートした。「い、いいか、ヘボ息子、よく聞けよ」

「お前がBANしたその瞬間、おれはなるぜ、ユーチューバー」

「お前がBANしたその瞬間、おれはなるぜ――え？　ユーチューバー？　わたしが？」

リピート・アフター・ミーっ！　鰐淵に怒鳴られ、与太郎はマイクを持ち直した。

「そうなった暁にゃあ、お前の個人情報全流し。好きな女の子もでっち上げ、恥《は》ずい性癖、よく観るAV、包茎、童貞、赤ちゃんプレイ。丸ごとネットに流出だ。お前はブタ箱、反論無用。キモメン、赤面、天下御免。変態息子の親父になって、炎上、同情、諸行無常。お前は終わりだ、クソ息子。一生消せない恥かきな」

「待った、待った」

与太郎は大慌てで鰐淵を制した。

「一生消えないのは――、さすがに気の毒では？」

「はあ？」鰐淵が、心底がっかりという顔をする。「あんた、息子ちゃんを論破したいんじゃないの？」

それは、そうだが……。

「いいか、ツツみん、教えてやるぜ。この世界、配慮したほうが負けなんだ。遠慮は馬に食わせちまえ！　慎み深さの法律なんて、どこにもありゃあしねえんだ。上手くやる奴が勝ちなんだ。いい負かせ、ごり押しだ、焚《た》きつけろ。キレたほうが負けなんだ。弱み突け、見下して、嘲笑《あざわら》え！　ザマア、ザマア！　プライドを、傷つけろ、怒らせろ。殴らせて、訴えろ！　そしたらあんたの勝ちなんだ。これがおれらのやり方だ」

おれは暴力を否定する――。

そう宣言し、鰐淵スナオはマイクを天高く突き上げた。彼の決めポーズを、与太郎は呆然と見つめた。


霧のような小雨が降りだしていた。会社に体調不良の早退を願い、与太郎は一人駅へ歩いていた。微熱がぐずぐずと、身体を火照《ほて》らせていた。一方、心は冷えきっていた。

「リピート・アフター・ミー」と繰り返す鰐淵に従い、喉がかれるほど叫んだ。空想の中の息子を罵倒し、嘲笑い、追いつめた。正直なところ、高揚感はあった。気持ちよかった。よかったけれど……。

ネオンが灯《とも》りはじめた路地をゆく。ふだんならいちいち捕まる客引きを素通りし、肉を焼く香りも気にならない。与太郎はうつむいて、ぼんやり歩いた。

——論破したいんじゃないの？

鰐淵の問いかけは正しい。勝に理不尽な要求を突きつけられ、馬鹿にされ、びっくりし、焦燥し、憤慨し、やっつけねば！　という気持ちになった。それは事実だ。

けど、違う。本当はそうじゃない。別に、やっつけたいわけじゃない。

気がつくと駅のそば、アポロン広場に差しかかっていた。人ごみができていた。歩道を埋めつくす人数だった。車道にあふれるいきおいだった。あちこちにプラカードを持った人々の姿があり、広場に設置された壇上で誰かが聴衆を煽《あお》っていた。シュプレヒコールがこだました。うねるように行進してきた一団が合流し、あっという間に人口密度が膨れあがり、呼吸もままならない押しくらまんじゅう状態になった。騒がしい熱気に、クラクションすら聞こえない。

その大きな人波に、逆らうような別の波がぶつかって、あと三つくらい集団ができていて、もはや収拾がつかない有様だった。各々が何かを主張し、めいめいが言い争い、いがみ合う。怒号、歌声、嘲笑、罵声、懇願、アジテーション——。

その中を、与太郎はとぼとぼ歩いた。肩がぶつかり、足を踏まれ、「あんたはどう思うんだ？」と声をかけられ、「敵なのか、味方なのか？」と問いつめられ、「日和見主義者め！」と罵《ののし》られ、与太郎はそのすべてを無視した。小雨はやまず、降りしきっていた。街宣車が列をなし、ヘリコプターが夜空を旋回していた。

人の壁が行く手を阻《はば》み、進めなくなった。無理やり通ろうとしたならば、相手を突き飛ばすほかないだろう。

なんだか、とたんに虚《むな》しくなった。

立ちすくみ、与太郎は天を仰いだ。

論破したいわけじゃない。ただ、仲良くやりたいだけなんだ。

けれど相手にその気がない以上、論破するしかないのだろうか。しかし論破したところで、与太郎が望む結果は得られない。そんな確信が、与太郎を虚しくさせた。

押され、引っ張られ、よろけ、人ごみから弾《はじ》き出された。

「えらいこっちゃだねえ」

声のほうをふり返ると、いい匂いがした。いつの間にか与太郎は、タコスを売るキッチンカーに寄りかかっていた。

「こんなに人がいるのに、ぜんぜん売れないよ」

店主と思《おぼ》しき中年男性が困ったように笑った。与太郎と同世代のようだった。

「みんな、ウチのタコス食ってビール飲んで、歌って踊ればいいのにねえ」

まったくだ、と与太郎は思う。思うけど、それを叫んだところで、きっとこの論破のるつぼは微動だにしないのだ。だってどんな正論も、彼らはすぐに論破してくるんだから。

「はあ。こんな売り上げじゃあ帰れないよ。カカアに仕送りできないもんね」

「――ご家族は、どちらに？」

流暢《りゅうちょう》すぎる日本語で、浅黒い彼が答える。「メキシコだよ」

そのとき、与太郎の脳みそに電流が走った。腑《ふ》抜けた身体がピンとのび、あっと叫びそうになった。

なぜ、気づかなかったのか。

勝が父を脅した、ほんとうの理由――。もしもそうなら、あげてもいい。勝に十万、倫子に頼らず、自分がジョブしたマネーをギブだ。

けれど、脅しに屈するわけにはいかない。譲れないワンライン。親子でいるためのデッドラ イン。

それを守るため、論破も用意しなくちゃならない。

与太郎は雨の中、買ったタコスを頬張りながら、必死にそのロジックを組み立てた。

金曜日

決戦の夜がきた。

「気持ちは変わらないか？」

いつものダイニングテーブルで向き合う勝は、煩わしげな面持ちだった。

「おれの気持ちは未来永劫《えいごう》変わらねえ。さっさと金をだしやがれ」

ふむ、と与太郎はひと息入れた。

「使い道を教える気もないか？」

「しつこい野郎だなっ」

焦《じ》れたように、勝が吐いた。「あんたに選択肢なんかねえ。金をだすか破滅するしかねえんだよ」

「お前の好き勝手な遊びのために、おれは我慢しなきゃならないわけか」

「そうだ。それが親の務めだろ？」

うむ、と与太郎はうなずいた。そして勝の目を見て、告げた。

「だったら、おれも好きにする」

「は？」

「おれはずっと事なかれ主義の日和見主義で生きてきた。冒険も挑戦もしてこなかった。人並みの大学を出て、それなりの仕事に就き、リストラされて、この歳で契約社員だ。母さんに愛想をつかされ、今じゃあ息子に脅される始末だ。どのみち破滅するんなら、一回くらい好きにやってみるのもいいんじゃないだろうか」

「おい、なんの話をしてんだよ」

「うん、実は――」と、与太郎は身を乗りだす。

「キッチンカーをやってみようかと思ってな」

「はあ?」

「調理設備のついたワゴンを走らせ、ホットドッグとかタコスとかを売る商売だ」

「タコスって、あんたが?」勝が目を丸くした。「料理なんて、ぜんぜんできないくせに?」

「タコスじゃなくてもいい。おれは昔アルバイトをしてたから、コンビニの冷凍食品がいかにすごいか知っている。特にラーメンは美味い。味噌《みそ》ラーメンは絶品だ。おまけに安い。具入りで二百円くらいだ。それをちょっとアレンジして売る。五百円でも利益が出る。これはOLにウケると思う」

「ウケるわけねえだろ!」勝が叫んだ。「やめろ。上手くいくはずがねえ」

仰《おつしや》る通り、と与太郎は思ったが、とぼけた顔を崩さなかった。

「車代を合わせても、五百万もかからないくらいではじめられる。リーズナブルだろ?」

「五百万をどぶに捨てる馬鹿がどこにいんだよ!」

「でも、同じだから」

「同じ?」

「同じだ。だって十万やらなかったら、お前、コンビニ強盗するんだろ? おれをとことん、困らせるんだろ？　一度口にした以上、お前はやる。絶対やる。人生を棒にふる覚悟だと、おれは信じている」

「そ、それは、そうだが」

「おれは十万を、絶対にやりたくない。絶対だ。すると選べる道は一つだ。お前がふる前に、ふるしかない」

「ふる？」

「棒を」

「棒？」

「人生の」

勝は、ぽかんとしていた。

「自営業ならクビになる心配はないし、キッチンカーで遠くを回れば近所の白い目も気にならない。お前が強盗犯になっても、自由にできる」

「そ、そんな自由は嘘っぱちだ！」勝が、学園ドラマの主役みたいに叫んだ。「自由と無謀をはき違えてんじゃねえよ！　自由ってのは、そういうもんじゃねえだろ？　あんたの自由はたんに、野垂れ死ぬ自由だ」

目を覚ませよ！　勝が放つ雄たけびは主人公というより、物分かりの悪い教師役のそれだった。

「しかし、どうせ破滅するなら、最高の自分を目指したっていいだろ?」

「どこが最高なんだよ！　夢と現実の区別がつかない、ただの恥ずかしい中年じゃねえか」

「キッチンカー差別だぞ、それは」

「あんた限定の話だよっ！　思いつきで仕事を辞めて、キッチンカーでコンビニの冷凍ラーメンを売る父親の、その息子の気持ちを考えろよ！　恥ずかしくて死ぬしかない」

勝が頭を抱えた。

「だが仕方ない。お前がやるという以上……」

「待て！　待てよ」

勝の顔が苦渋に歪んだ。それからげっそりと、息を吐いた。

「……わかった。やめる。強盗はやめだ」

「ほんとうか?」

「ああ。馬鹿につける薬はねえ」

思わずへなへなと崩れ落ちそうになる身体を、与太郎は必死に保った。まだ、話は終わっていない。

ひでえ家に生まれちまったぜ——愚痴りながら立ち上がる勝に、声をかける。「そうそう」

何気なさを装い、訊く。「お前、パスポート持ってたっけ?」

「は?」

「夏休み、シンガポールに行くから」

勝が、目を大きくした。

「母さんの、今の旦那《だんな》さんが、フルーツパーティーをしてくれるそうだ」

勝手に決めた予定を告げ、ちらりと勝へ目をやる。

勝が父親を恐喝してきた理由。十万円の使い道――シンガポールへの旅費。

年頃の男の子が、自意識の塊みたいなＢＯＹが、明かすのをためらう動機――母親に会いたい。

密かに与太郎は、頼む、と祈った。これが答えであってくれ。どれだけ世の中が進んでも、論破がはびこっても、このくらいは今まで通りでいいだろう？　愛情は、論破できなくたっていいだろう？

「パスポートは――」勝が、ぶっきらぼうに答える。

「ある。一昨年《おととし》、台湾旅行に行ったの、忘れたのかよ」

「そっか。そうだったな」

「これだから、親父は駄目なんだ」

ぶつくさいいながら、勝はキッチンをあとにした。

一人残った与太郎は缶ビールを開けた。しみじみと、美味かった。

パノラマ・マシン

1

道に、真っ黒な穴が落ちていたので拾ってみた。

ふつう穴はあいているものであり、「落ちている」とはおかしな表現なのだけど、わたしの目にそれは、文字どおり「ぽっかり落ちている」ように見えたのだった。

神田《かんだ》の、食堂街の裏手にのびる小径《こみち》であった。店々の勝手口が左右にひしめく裏路地は知る人ぞ知る抜け道で、わたしの下宿への近道でもある。とっくに斜陽も去った時刻、表通りからは威勢のよい掛け声や陽気な小唄《こうた》が響いていた。腹を満たし羽をのばす勤め人と、彼らを相手に商売に励む者たちの活気にあてられ、わたしはふらりと、この暗がりへ吸い込まれたのだった。

板前や配達の人夫を除けば、ここを歩くのは足もとがおぼつかない酔客にかぎられ、道のそこここに嘔吐《おうと》の跡があったりする。ささいな落とし物ごとき、すすんで手をのばしたい場所ではないが、かくいうわたし自身、慣れない酒で千鳥足になりかけており、深く考えることもなく、すっとかがんで、ひょいっとそれを拾ったのだった。

たぶん——、ひと目見たときからわたしの心は、この真っ黒な穴に嵌《はま》っていたのだ。薄闇にあってなお黒く際立ち、くっきりとして、ゆえに現実味がない。どこかよその世界から、うっかり紛れてしまったという風情。近寄る足が止まらない。まさしく穴を転げるように。

さて、結論からいうと、それは穴ではなかった。真っ黒で真四角な、平べったい箱だった。小指の爪くらいの厚さで、背広のポケットにおさまるほどの大きさである。硬さからして金属のように思えたが、鉄にせよ銅にせよ、こんなになめらかな手ざわりのものに憶《おぼ》えはなかった。わたしはぼけっと突っ立ったまま、穴のような黒い箱をなでつくした。そしてほどなく、箱の隅にある、小さな突起に気づいた。

突起はふたつあった。斜めに向かい合う角の辺りだ。押せそうな気がした。押すべきだろうと思われた。酔いはまだ去っていない。

突起を押すとすぐ隣のところから、ひゅるるん、と紐状《ひもじょう》のものが飛び出た。おどろいて手提げ鞄《かばん》を落としてしまった。危うく箱も落としかけ、かろうじて持ち直す。あらためて観察すると、箱の中心が、かすかに振動していた。熱を発している。何かが動きはじめていた。得体のしれない生き物のようだった。

ひと息ついてから、紐状のそれを手繰りよせてみた。本体とおなじ黒色だ。ビニルのような質感である。両手を広げたくらいの長さだろうか。紐の先端に、妙な塊がついている。黒い小石のような塊だ。

表通りの喧騒《けんそう》が、ふっと消えた。五月のぬるい夜が、ぴたりと止まる感覚だった。

この塊を、耳に突っ込んでみてはどうだろう――。

その思いつきは突拍子なく、けれど理にかなってもいた。くるんと丸まった小石のような塊はいかにもちょうど良さげな形で、大きさも、耳の穴にぴたりと嵌りそうだった。

ふだんなら、迷うことすらなかったはずだ。拾った落とし物を勝手にいじり、まして耳に突っ込むだなんて、小心者には荷が重い。後ろ髪を引かれつつ、すごすごと立ち去る。それがわたしという男の性分なのだ。

けれど今夜、わたしが求めていたのは、逸脱だった。

勤め先でささいな失態をやらかし、キンキン声の上役から責め立てられた。いかにわたしという人間が使い物にならず、愚鈍にして劣等で、生産性がなく、ゆえに必要性がなく、惰性というぬるま湯につかって餌を食らう性根の腐った豚野郎かと痛罵《つうば》され、それが延々、昼から日が暮れるまでつづくうち、キンキン響く罵詈《ばり》雑言が汚物まじりの泥となって、わたしの自意識にねっとりこびりついたのだった。

この泥をふり落とすべく酒をあおり、街を歩いた。心の片隅で、何か決定的な出来事が起こらないかと期待しながら。

いっぽう三十年来育ててきた臆病《おくびょう》もまた頑固であって、羽目を外すといってもせいぜいお銚子を二本あけたくらい。おかしな遊び場に足を運ぶ金もなければ気概もなく、はなっから当てもなく、とぼとぼと帰路についていたのだ。

穴のような黒い箱を拾ったのは、まさにその途上であった。

片手に箱を、片手に紐付きの塊をつまんでわたしは固まっていた。突っ込むべきか、突っ込まざるべきか。いったん迷いが生じると次から次へと自問があふれた。これを耳に突っ込んで安全なのか、壊れてしまわないか、それを誰かに見られはしまいか。落とし主が素性の怪しい輩《やから》であったら、わたしはどうなってしまうのか……。

「おやあ、Ｆくんじゃないか」

背後から名を呼ばれ悲鳴が口もとまで出かかった。跳び上がる寸前の身体をとっさにかがめ、手にした箱を背広の下に滑り込ませる。

「腹でも痛むのかい？　さっきから、何やらもぞもぞしていたようだが」

半身でふり返ると、暗がりに厭《いや》らしい笑みが浮かんでいた。わたしの名を呼び、わたしをおどろかして冷や汗をかかせ、そんな無様をにやにや悦《よろこ》ぶ背広の男は、Ｄという同僚だった。狐と鼠を混ぜ合わせたような面をした青年は、わたしよりみっつかよっつほど若く、職場でもれっきとした後輩になるのだが、持ち前の要領の良さで上役に気に入られ、これがなかなか愛想もいいものだから、すっかり社内の人気者といった立場になって、片や事務方の平社員にすぎないわたしを「Ｆくん」などと気安く呼ぶ始末なのだった。

「だ、黙って後ろで見ていたとは、君も人が悪いなあ」

「滑稽《こっけい》な見世物には目がないくちでね」

見下す笑みに作り笑いで応じつつ、わたしは腹に隠した箱を背広の上からさすった。「慣れない酒を飲んだもので、急に、気分が悪くなったんだ」

「食っちゃ寝のだらしない生活をしているからさ。見なさいよ、自分の腹を。顎《あご》を頬を。太ももなんかもひどいもんだ。まるで狸豚の有様じゃないか。引きかえ、ぼくはどうだい。研ぎ切った鋼のようなこの腕をご覧なさい。ほら、男の脚線美とはこういうのをいうんだぜ。きっちり割れた腹も見せてやりたいが、あんまり惨めを与えちゃ可哀想だからやめておくよ」

そんなふうにまくし立て、気取った仕草で肩をすくめるDは、たしかに締まりのある身体をしていた。むしろ痩《や》せぎすともいえ、身長もわたしより頭ひとつ低い。

わたしはご機嫌をうかがうように口もとをゆるませ、何も可笑《おか》しくないのに、あはは、と笑う。

「しかし珍しいこともあるもんだ。カラスが鳴きやむまえに家路について月より早く眠りにつくってえ君と、こんな時分に出くわすとはね」

「き、君こそ、もう帰るとこなのか？　雑誌の締め切りがもうすぐだったはずだけど……」

「今夜は店じまいさ。くだらない接待もなしだ。大陸がきな臭くなってからこっち、景気が悪くっていけないよ。知ってるか？　つい先だっても売れっ子の短編が黒塗りにされたというよ。

軍人さんを虐《いじ》めつくすハナシなんぞケシカランとね。まったく商売あがったりさ」

まあ君には無縁の話だろうが――。Dが嘲笑《ちょうしょう》を浮かべ、わたしは唾《つば》を飲んだ。彼の住まいとわたしの下宿は近く、鉢合わせは不思議じゃない。これまで遭遇しなかったのは、おなじ出版社に仕える身でも、隅っこに籍を置く事務方のわたしと流行作家の玉稿を任される敏腕編集者とでは退社の時刻からしてちがうという事情のせいだ。似合わぬ飲酒が、それを狂わせた。よりによって穴を拾った夜に。魔が差したゆえの間の悪さで。

「検閲だ発禁だ、つまらん世の中になっちまった。しょせんは作り事。軽やかに楽しめばいいのにね。無粋な連中はそのへんがてんでわかっちゃいない。――ところでFくん」

Dが、すっとこちらへ身を寄せてきた。にゅっと肩を組み、秘密をささやくようにいう。

「さっき君、どさくさに紛れて何か腹に隠したろう?」

にやついた目つきがぎらっと凄《すご》みを帯びた。その面は狐でも鼠でもなく、蜥蜴《とかげ》だった。滲《にじ》み出る邪悪さに、わたしは腹の底からぞっとした。

「おっと、つまらん言い訳はなしだぜ。ぼくは君が締まりのない身体をかがませるところから地面のブツをくすねるところまで、すっかり目撃しているのだからね。いや、まちがいないのさ。かがんだ君のでかいケツはまるで立ち合いの相撲取りみたいだったよ。ぼくが声をかけるや、君はそいつを腹に隠したろう? まったく君の慌てようときたら! あれはなかなかの大道芸だ。どんな人間にも美点のひとつが必ずあるというけれど、君のたるんだ身体もこうして他人を愉《たの》しませるのだね」

満足そうに笑うDは、油断ない視線でわたしを刺していた。

「間抜けな寸劇の謎解きを披露しようか。君は益体《やくたい》ない帰り道にここで何やらを見つけて拾ったわけだ。ところが煮えきらない君の性分は、それをくすねる決断もできなけりゃ助兵衛心《すけべえごころ》を見切りもできず、間抜けにぼけっと突っ立っていたのだ。そこにぼくがやってきて声をかけたものだから、うひゃっと思わず懐に隠したって寸法さ。どうだい？　右から左まで、何もかも正解だろう？」

わたしは笑い飛ばすこともうなずくこともできず、だらだら汗を垂れ流しながら、はふはふ喘《あえ》ぐのがやっとであった。

「あはは。探偵遊戯も面白いものだね。さてさて。それじゃあその戦利品を、ちょっくら拝ませてもらうとしようか。拒否する権利は認めないぜ。おい、出来損ないの銅像みたく固まってないで、ほら、こっちをお向きよ。まさか君、いまさら取り繕えると思っちゃいないだろうな？　君はすでに、そいつをくすねているのだぜ。ぼくが声をかけたとき、そいつを隠した瞬間にね。落とし物を拾っただけなら懐にしまうなんて真似はすまい。隠した行為自体が、持ち主に届ける気なんぞさらさらないという心理的証拠にほかならないのさ」

ねっとりと、耳もとに気色悪い吐息がかかる。「なあ聞きたまえ。何も君の獲物を丸ごと奪おうなんて考えちゃいないんだ。ただ見せてくれと頼んでいるだけさ。それとも君は、このぼくに三文記者の真似事をさせようって魂胆かい？　ならば明日、せいぜい君の泥棒っぷりを面白おかしく会社の面々に披露するまでだが」

脅迫めいた言葉を突きつけられ、膝《ひざ》が揺れた。この青年の邪悪さに腸《はらわた》が煮えくり返り、同時に生来の臆病はすっかりDの論理にまいってしまって、とっくに頭を下げていた。

「……わかったよ」

満足げな彼の顔を横目に見ながら、腹に隠した箱をさする。「そこまでいうなら見せるけど——しかしこいつは札束でもなければ黄金でもない。何物なのか、さっぱりわからない代物なんだ」

「ずいぶん芝居がかっているじゃないか。ぼくにいわせれば君ごときにすっかりわかっているものなんて、この世にいくつもありゃあしないと思うがね。まあいい。さっさとそれを見せたまえ。こちとら珍妙珍奇な物書きどもの世話役だ。ぼくならきっと、そいつの正体がわかるだろうよ」

その言葉に意を決し、わたしは腹から箱をだした。ぶらん、と塊のついた紐が宙にゆれた。

「なんだそりゃあ」Dの細い目が、いっぱいに広がった。「まるで真っ暗な穴じゃあないか」

さしものDも困惑を隠せない様子であった。手にした未知の箱をためつすがめつ眺めながら、うなったり困惑したりを繰り返す。そのあいだも、見開かれた瞳《ひとみ》の獰猛《どうもう》なギラつきは消えなかった。そんな彼の検分を、わたしは固唾《かたず》をのんで見守った。

薄っぺらな本体に耳を当てたDが「……動いているね」とつぶやいた。「輪転機の百万分の一も静かだ」

「機械、なのだろうか」

「金庫ってわけじゃなさそうだが……。君、これはなんだと思う?」と、ビニルの紐の先にくっついた塊をこちらへ示す。

「見当もつかないよ。ただ、なんとなく、耳の穴に入れやすそうに思えるけれど……」

「はは。こいつはたいそう遺憾だな。このぼくが、君とおなじ発想に至るとは」

Dは塊をぐりぐりいじり、その動きを止めるや、

「あっ!」

制止する間もなく塊を自分の耳に突っ込んだ。

次の瞬間、Dの身体がピンとのびた。目玉がぐるんとひっくり返った。口が半開きになり、頭がのけぞる。手から落ちそうになる箱を、わたしは慌ててすくった。それから「おい!」と声をかけた。けれど反応はない。突っ立ったまま彼は小刻みに痙攣《けいれん》している。塊を突っ込んだ耳の辺りに血管が浮き出ていた。こちらの声がとどいているのか定かでないが、何かもにょもにょと口を動かしている。「こ、これは……」

「Dくん、聞こえているのか？　返事をしてくれっ」

「まさか、いや――」

「おい、Dくん！」

「あ、が。おお」

Dが、両手を顔の高さに上げた。宙に浮かぶ何かを挟む恰好《かっこう》で固定し、がくがくと指を震わせた。異常なほどの強張《こわば》りが、両手だけでなく腕にも背中にも、青筋の立った首筋にも、くまなく全身を貫いていた。折らんばかりに嚙《か》み合わせた歯のあいだから泡状の唾がもれる。いまにも破裂しそうな彼のそばで、わたしはあたふたとする以外にしようがなかった。

Dが黒い穴に引きずり込まれる――。ふいの妄想に戦慄《せんりつ》し、わたしは彼の耳から無理やり塊を抜き取るべく手をのばしかけたが、そのまえに、Dがゆっくりと、自分の手で塊を耳から抜いた。

とたんにDは頽《くずお》れた。四つん這《ば》いになった背中を、わたしはさすった。「大丈夫か？　おいDくん、平気なのか」

「……気安く背中をいじらないでくれたまえ。気色悪くて仕方ない」

Dは大きく息を吐く。強がった台詞《せりふ》とは裏腹に、尋常でない汗が流れていた。

「ひ、人を呼ぼうか？」

「必要ない。それより――」地面に胡坐《あぐら》をかき、こちらへ視線をよこす。「君こそ平気か？」

「え？　どういう意味だい？」

「いや、平気ならいいんだ。気にするな」といってもう一度息を吐く。

わたしはそのかたわらで、彼の蒼白《そうはく》になった顔面や、落ち着かない唇に目をやった。焦点を失った瞳の、ぞっとするほど壊れた視線に、彼の正気を疑わざるを得なかった。

「大丈夫さ。ちょいと夢にあてられただけでね」

「夢だって？」

「そう……、夢、なのだろう。たぶん」

「待ってくれ。ちゃんと教えてくれ。君はいったい、何を見たんだ？」

それは不思議な直感だった。塊を耳の穴に突っ込んだDは何か聴いたわけでなく――いや、聴きもしたのだろうが、それにおさまらない体験があったのだと、わたしは半ば確信していた。

額の汗を手のひらでぬぐうDに重ねて尋ねる。

「わたしも、見ていいかい？」

謎の小さな塊を握り込んだままでいる彼の右手へ目をやる。「どうかお願いだから、そいつを耳に突っ込ませてくれ。いや、是が非でもそうさせてもらうよ。なぜって、それはもともと、わたしが拾ったものなのだから――」

「コソ泥ふぜいが、ぎゃあぎゃあわめくんじゃないよ」

獲物をいたぶる蜥蜴の目つきが、わたしの口を黙らせた。

「――なあ、Fくん。こいつは君の手に負える代物じゃないぜ。そこでひとつ相談だが、この穴のような黒い物体を、どうかぼくに譲ってはくれないか」

その口ぶりから、ついさっきまでの高慢さが失《う》せていた。

「もちろん無料《タダ》とはいわない。ぼくが用意できるだけ、いや、君の希望のままに包んだってかまわない。たとえ法外な値であっても、きっとそれを君に捧げると誓うよ」

「すまないが」考えるより先に答えていた。「それは聞けない相談だ。わたしはもう、いちばん最初に見つけたときから、この穴にぞっこん惚《ほ》れてしまっているんだ。絶世の美女だとか、あり余る金銭だとか、仮に国をひとつくれてやるとささやかれても、やっぱり穴を選んでしまう。もうそうするほかないんだ」

それより――と、わたしは迫った。

「君はこれが何物なのか、その正体がわかっているのか？　いや、そうにちがいない。でなければその執着に説明がつかないのだから」

Dが苦々しげにそっぽを向いた。わたしごときに詰問されている苛立《いらだ》ちが、醜悪な表情に滲んでいた。

「なあ、Dくん」緊張を押し隠し、一言一言、言葉を選ぶ。「――お互い譲れないというなら、どうだろう、こうしないか？　この箱はわたしのものだ。けれど、ひとりで扱う自信はない。そこで君に指南役を頼む。その報酬として、君もこれを好きに使っていい」

「──ふたりの、共有財産にしようってわけか」

「形のうえではね。わたしもこれ以上は譲らない。もし君が納得しないなら──」

「しないなら？」

わたしは唇を結び、じっと彼を見据えた。吐く息は熱っぽく、汗があふれた。穴のような箱をつかんだ両手に力がこもる。執着しているのは、むしろわたしのほうだった。とっくに酔いはさめているのに、わたしは酔っ払っている。

「ふん」Dは鼻を鳴らし、「いいだろう」と、あきらめたように肩をすくめた。そして真顔になって、ぽつりとつぶやく。「……ラマ・マシン」

「え？　なんだって？」

「パノラマ・マシン。これに名をつけるならな」

Dはわたしが抱える箱を指さし、

「場所を変えよう。ここじゃあ目立ちすぎる」

そして幾分口惜《くや》しそうに、塊を握り込んだ拳《こぶし》を解《ほど》いた。

2

裏路地から灯《あか》りのともる表通りへ、Dとならんで歩いた。夜は深まり、電車の時刻表は最下段に達しようとしているのに、行き交う人々の足どりは恥ずかしげもなくにぎやかで、街は哄《こう》笑《しょう》を発しながら欲望の売買に精をだしていた。

猥雑《わいざつ》な活気に気圧《けお》されるわたしとちがい、Dの歩調はいかにもこなれたものだった。客引きや商売女も心得たもので、ついぞわたしに声をかける輩はなく、彼らにとってわたしの存在はせいぜいDの下僕か、人畜無害な幽霊にすぎないのだった。

「ねえDくん。わたしたちは、いったいどこへ向かってるんだい」

そわそわと、わたしは尋ねた。Dはポケットに手を突っ込み、わずかに背を丸めた恰好で、わたしの下宿や彼の住まいと正反対へ進んでいた。

「もうすぐ通りを抜けてしまうよ。その先は、ずいぶん暗くなっているようだ」

「ぐちぐちぐちぐち、やかましい男だな。そのでかい図体《ずうたい》は張りぼてか？　おどおどしてるとここいらの連中につけ込まれるぜ。マシンを奪われたくなけりゃあ、せいぜい胸を張っておけ」

「あ、ああ、わかったよ」わたしは思わず自分の胸に手を当てた。ふくらんだ背広の下に、穴のような黒い箱――Dがいうところのパノラマ・マシンがしまわれている。

「なあ、ところで君。君はU子のことをどう思う？」

「え？　U子って、ウチの課のU子かい」

「ほかに誰がいるんだね。あの可憐《かれん》で愛くるしい女の子さ。君とて一度や二度、彼女の破廉恥を肴《さかな》に夜の孤独を慰めた経験があるんじゃないか?」

かっと頭に血がのぼった。U子の向日葵《ひまわり》のような笑みが頭の中に咲き、高ぶる温度は咎《とが》めの言葉を空回りさせた。

「ははっ、どうやら図星か。なあに、隠さなくてもいい。べつにそれで君を貶《おとし》めようなんて思っちゃいない。どうせ会社の男連中のほとんどが、おなじ夢想をしているだろうからね」

「き、君こそ、どうなんだ。その口ぶりじゃあ、通りいっぺんでない好意をもっているようだが」

「むろんさ。ぼくはああいうお嬢様然とした小娘を好き放題に汚しつくして、いっそ人間的な仮面のすべてを引っぺがして堕《お》ちるところまで堕としてみたいと、そう夢見るタチなのだ。どれ、ひとつ想像してみたまえ。U子が自らの柔肌《やわはだ》をまさぐって物欲しげにこちらを見上げているさまを。そう、仕事の制服がよいな。場所も会社にしておこう。ちょっとした空き時間に、就業の最中《さなか》に、だらしなくゆるんだ顔で『ねえ、おねがい……』ってね。どうだい、ゾクゾクするだろう?」

悪寒に襲われ返事ができない。目の前に貧相な橋が現れた。どぶ川の匂いが漂うここが、表通りのおしまいである。

「でもほんとに愉しいのは、彼女を初めて手籠《てご》めにするときさ。いかにも犯罪めくがね、そうだな、少し酒でも飲ませてやって、ちょいと正体がわからなくなったころ合いに、さらうように連れ込み宿に担いでね、わけもわからぬまますっかり仕込んでしまうのさ。翌朝、彼女は裸で寝転ぶ自分を見つけ、どうするだろう？　叫ぶだろうか、泣くだろうか？　あはは。ぼくはその一部始終をとっくりと眺めてやるのさ。そしていま一度、昨夜《ゆうべ》の破廉恥を事細かに説明し、彼女を羞恥《しゅうち》で窒息させたい。あふれるように濡《ぬ》れていたよと突きつけたい。甘い叫びの声真似で意地悪したい。動物じみた痴態のぜんぶを、ささやいてあげたいのさ。くくく。変態と罵《ののし》るかい？　だが誰しも、似たような欲望に心当たりがあるのじゃないかね？」

「き、君はまさかそんな非道を、もしかして、現実に重ねているのか？」

冷たい汗を吹かせながら、わたしは蜥蜴面《づら》の青年とともに橋の先の暗がりへ踏み入ってゆく。

「遊び相手に困ったことはないがね……。しかしそれじゃあ駄目なのだ。絶頂は味わえない。わかるかい？　ぼくの欲望を満たすには、相手の女がぼくのことを少しも好いてないという条件が必要なのさ。むしろ徹底的に嫌悪しているくらいがいい。そのうえで彼女の意思や人格を凌辱《りょうじょく》したい。社会性とか理性といった代物を剝《は》ぎ取って快楽の家畜に貶め、壊れた尊厳の残《ざん》骸《がい》を見下ろしたい。それこそがぼくの欲望の核心だ。下劣にして純粋な、支配欲の射精だよ」

みるみる灯りが乏しくなった。なのに欲望の濃度はいや増した。廃れた売春小屋が軒をならべる一画を、わたしたちは歩いていた。

「つまり合意を得た時点で満足は得られなくなるのだ。するとどうしたって無理やりの手段しか残らない。しかし、こいつはなかなか危険な賭《か》けでね。やって逃げて知らんぷりで済むならもうけものだが、訴えられた日にゃあ強姦魔《ごうかんま》の爵位を賜る羽目になりかねない。こいつはそうとう恥ずかしい肩書だぜ。傷害や殺人ならやむにやまれぬ事情をでっち上げることもできるだろうが、強姦とか猥褻《わいせつ》とかデバ亀には無様な性欲以外の動機などないからね。後ろ指をさされる人生などまっぴらだし、仕事だって失くしたくない。ようするにぼくは、おのれの危うい欲望を実行するには常識的で小心者で、社会性を捨てきれない真人間ってことなのさ」

くくく、と卑しく笑う。

「だからU子についても、せいぜい取るに足らない妄想に耽《ふけ》るくらいなのだよ」

「――そうであることを祈るよ。何せ彼女には、婚約者がいるのだしね」

家柄も経歴も将来性も申し分ない男性と聞いている。わたしとの共通点は、性別以外に、あとはせいぜい歳が近いくらいであろう。

「おまけに大した美丈夫って話だね。張り合う気すら起きやしないさ」

皮肉に笑いつつ、Dは暗がりを軽やかに進んだ。鼻歌さえ奏ではじめた。わたしには何が何やらわからなかった。いったいなぜ、彼はU子の名をあげ、おのれの性的倒錯を告白したのか……。

やがて場末のその奥に、闇のペンキで塗られたような、一軒の売春小屋が現れた。

「Dくん、いったい何を――」

「こういうところは初めてかい？　安心なさい。料金はぼくがもってやる」

にやりとし、小屋の戸を引く。慣れた様子で敷居をまたぐDの陰から、わたしはびくびくと小屋の中をうかがった。暗闇を、ランプの灯りが照らしていた。ランプが置かれた上がり框《がまち》に老婆がひとり、苔《こけ》むした地蔵のように座っている。Dから紙幣を受け取るや、老婆はのっそりと腰を上げ、ランプを手に薄闇の階段を、とつとつとつ、とのぼっていった。

「ひっくり返るなよ」靴を脱ぎながら、Dがいう。「ぼくも最初はたまげたものさ。君だってきっとおどろくぜ」

思わせぶりな台詞を残し、彼は老婆の背を追う。黴臭《かびくさ》い匂いと、薄ら寒い空気に妙な圧迫を覚えつつ、わたしもあとにつづいた。一歩踏むごとに腐った音をたてる階段をのぼりきった先、狭い廊下の右手側に老婆が膝をそろえていた。汚れの目立つ襖《ふすま》があった。老婆が黙ってそれを開く。ランプをつかんだDがニヤケ面で、先に入れとわたしをうながす。まとわりつく臆病をふり払い、おそるおそる、わたしは襖の向こうをのぞいた。壁ぎわに布団が敷かれた六畳ほどの部屋。その中心に、派手な着物を羽織った女性がしなりと座っている。U子だった。

「はっはっは!」

背後から響くDの嘲笑を耳にしながら、わたしは茫然《ぼうぜん》とU子を見つめた。わずかな月灯りも届かない嵌《は》め殺しの窓を背に、U子は物憂げな顔でこちらを見上げていた。その目つきは胡乱《うろん》であった。開いた胸もとからのぞく肌が、着物の下の裸体を想像させた。ほんの一歩、日常からズレたかたわらの世界に迷い込んだ感覚だった。

肩に、手を置かれた。

「まったく注文どおりのお客様だな！　いまどき一流の奇術師だってこうも素敵な反応は拝めやしないぜ」

心の底からおかしげに笑い、Dはわたしの耳もとに頬を寄せた。「ほら、この女をよく見たまえよ。我らがU子嬢と比べてずいぶん痩せこけているだろう？　あんな洗濯板のような胸じゃあ、どれだけ上げ底したってぼくらの欲情を誘えやしないよ。顔だってこのとおりだ。目のくまにだらしない唇。ふふ、たんなる疲労や寝不足のせいじゃない――阿片《あへん》さ。もうすっかりこの娘は人間を終わったところにいるんだよ」

なるほど、着物の女はいかにも骨と皮でできていた。そのたたずまいは意思とか魂というようなものと無縁に見え、もしかすると目の前のわたしたちの存在自体、認識できているのか疑わしかった。自分が何処に居るのかさえも……。

「あはは。しかしこうして薄闇に囲われてしまえば我らがお嬢様の生き写しに見えるのだから人間の脳みそはいいかげんだ。今年の初め、まだ雪が降っていた時分にね、底辺の快楽ってのを味わってみたいと思って足を運んだんだが、さすがに跳び上がったよ。何せあのくるくる笑うU子嬢が、この世の惨めとか背徳とかの影さえ踏んだことがないような娘さんが、腐った臓物みたく横たわっていたのだからね。ああ、そうさ。お日様が淫靡《いんび》な幻を取り上げてしまうまで、ぼくはあの身体を貪《むさぼ》りに貪ったよ。君にだっていえないような、変態行為に耽溺《たんでき》したのだ。以来ぼくは足しげく通い、こいつと老婆のパトロンを演じてるってわけなのさ」

耳をなでる吐息が、生温かい湿度をともない、わたしは嘔吐しそうだった。

「ほら、遠慮はいらない。君の欲望を満たしたまえよ」

Dに背を押され、わたしは腐った畳を踏んだ。眼下には、U子の面影をたずさえた何かがいた。わたしはそれをU子でない何かだと感じながら、しかしU子であり得る気がして、U子であってはいけない理由が見つからず、この木偶《でく》のような娘とU子のちがいはなんであろうかとつまらぬ問答をめぐらせて、しかし結局、この世界は何もかもが意味不明なのではないかと匙《さじ》を投げだしかけたとき、股間《こかん》に感触を覚えた。U子のごとき女が、まるでからくり仕掛けに従うように、無表情のまま、わたしのズボンの小便口からふやけたそれを取りだそうとしていた。

「やめないか！」

思わず怒鳴った。女を？　U子を？　いや、いや、いや……。

「わ、わたしに、そんなつもりはないんだっ」

股間の手を払うと、女はきょとんと、わたしを見上げた。このすえた畳敷きの部屋にあって、常軌を逸しているのはむしろわたしにほかならなかった。

「それに何をいっても無駄だぜ。とうに頭は腐ってる。言葉もろくにしゃべれやしない。昔はこの器量を気に入って可愛がってた旦那《だんな》もいたそうだが、こうなっちまったらもう駄目さ。抱いてみればわかるがね、まるで人形か死体と交わっているようなもので、いっそ気色悪いくらいなのだよ」

Dは女のあごをつかみ、勝ち誇った笑みを浮かべた。

「だがぼくには、それがちょうどいい。だってそうだろ？　ぼくが汚したいのはこいつでなくU子なのだからね。下手な人格など邪魔なだけだ。その点こいつはよくできている。U子の双生児として、ドッペルゲンガとして、身代わりの生贄《いけにえ》として、ぼくの夢想をすっかりのみ込んでくれるってわけなのさ」

とはいえ——と、冷たい目つきで女を見やる。「しょせんは、まがい物にすぎないがね」

そういうや、Dは彼女の着物を剥ぎ取った。目が、露《あらわ》になったふたつの乳房に奪われる。

「どうだい？　君が望むならぼくは邪魔しないぜ。ぞんぶんにU子を抱くといい。積年の想いを遠慮なく果たせばいい」

わたしは、自動人形のようにぶるぶると、首を横にふった。

「あっはっは！　つくづく非常識な男だな。この期に及んで二の足を踏むとはお釈迦《しゃか》様もびっくりだろうよ。おい女、おまえは今夜用なしだとさ。さあ、出ていけ。朝がくるまで誰もここに入れるんじゃないぞ。いいな、わかったら消え失せろ」

まくし立てるように女と老婆を締めだし、Dは襖を閉めた。

「さて、Fくん」

背広の上着を布団に投げ捨て、畳に胡坐をかく。熱っぽい視線を向けてくる。

「マシンをだしてくれるかい？」


Dの正面に腰をおろすや、わたしは懐にしまったマシンをおずおずと差しだした。Dは口もとに例の蜥蜴じみたニヤけを浮かべ、ビニルの紐の先端にくっついた小石のような塊を指でつまんだ。老婆が残していったランプの灯りが、それをぼわりと照らしていた。

「こいつは——、耳蟲《じこ》とでも呼ぶとしようか」

パノラマ・マシンに耳栓じゃあ恰好がつかんからね——と薄気味悪く笑い、こちらへよこしてくる。わたしは、はやる気持ちと恐れる気持ちをなだめつつ、それを受け取った。「いまさらだが、パノラマとはなんなんだい？」

「ほんとうに学のない男だな。辞書から抜きだすなら『見晴らしのよい景色』とでもなるがね。しかしぼくがいうパノラマは、かつて流行《はや》った見世物装置のほうだ。ほら、上野《うえの》公園であったお披露目を知らないか。もう四十年も昔の話だが耳にした憶えくらいあるだろう。たとえば箱を用意して、その中に湾曲した壁をしつらえてだ。そこに背景を映し、手前に模型なんかを配してね。これにうまく照明を当ててやると、観客は広大な実景を観ている気分になる。つまり、よくできた世界の偽物——白昼夢誘発装置とでもいおうかな」

やはりパノラマ・マシンは機械なのか。しかし並みの代物ではあるまい。わたしが右手に握り込んだ耳蟲なる物はたしかに、常識で説明のつかない奇妙な存在感を発しているのだ。

「不安がることはない。あちらの世界は安全だ。そしてきっと、自由だぜ」

Dにうながされ、わたしは耳蟲を耳に近づけた。ぎらりと光る彼の目を見つめながら、耳の穴に埋めた。次の瞬間——じゅわあんっ、と耳鳴りが響いた。ぎゅるるりる。外耳から中耳へ、中耳の鼓膜を越えて、何かが三半規管へ突入してくる——じょじょじょじょじょ。

文字通り大量の蟲《むし》たちが這い進むようなさざ波に、視界が明滅し、身体の自由が失われ、じょじょぎゅるじょじょるりる、わたしは突っ伏した。脳みそが犯される——これがこの体験の、本心からの感想だった。

たぶん一秒か二秒の話であった。耳鳴りが消え、視界が元にもどったとき、わたしの目の前で胡坐をかくDは不気味なニヤケ面のままだった。こめかみを拳でたたき、わたしは自分の正気を確かめた。

「……ひどい目に遭った。ドリルで耳を突き刺された気分だよ」

「ふふ、そうかい」

「君もおなじだったのだろう？　忠告してくれたなら心の準備ができたのに」

「ん」

「……Dくん？」

ふいにDがうなだれた。かくんと首が下を向き、そのままぴたりと動きを止めた。まるで糸が切れたように……。

次の瞬間、ばちっ、と彼の身体が電気を放ち、わたしは腰を抜かしそうになった。

「ははっ、なんて顔をしてやがる」

身体を起こしたDの顔に、見慣れた嘲笑が刻まれていた。「化かされた狸のほうがよっぽど男前だぜ！」

「お、おい、君、大丈夫なのか」

「寝言はよせよ。大丈夫も大丈夫。すこぶる快調だ」

そうかと胸をなでおろすいっぽうで、わたしは文字通り化かされた気分になっていた。検分するように自分の身体をあらためるDを眺めているうちに、むくむくと疑問がふくらんだ。耳蟲によって壮絶ないっときを体験した。けれどだからといって、何がどうということもない。六畳の部屋も湿気《しけ》た畳も、嵌め殺しの窓もランプの灯りも、まるっきりそのままだ。ちょっとDが放電したくらいである。

いったいこの塊は、あのマシンは、なんなのだ？　わたしの疑問を知ってか知らずか、「さあて」とDが立ち上がった。「ついてこいよ。面白いものを見せてやる」

そのとき、ようやくさっきまでとのちがいに気づいた。いつの間にやらDの右耳に、耳蟲が嵌っているのだ。なのに、わたしのぶんもふくめ、ビニルの紐が消え失せている。薄っぺらいパノラマ・マシンも、どこにもない。

Dは襖へとすたすた歩いた。ランプをつかみ部屋を出る。あわててあとを追い、Dの背について階段をおりた。一階に灯りらしい灯りはひとつもなかった。Dは迷わず廊下の奥へ進んだ。右手の襖に手をやって、中をのぞいてみろ、と手ぶりで伝えてきた。わたしはそのとおりに従い、そして思わず、「あっ！」と悲鳴をあげた。

その部屋は二階の六畳間とおなじ形をしていた。灯りがないのも嵌め殺しの窓も、布団が敷かれているところまでいっしょだった。その布団の上で、ふたつの肉体が互いを貪り合っていたのだ。U子にそっくりな着物の女と、老婆であった。ふたりは肌と肌を練るように密着させて絡まり合い、まるで熟した果実がとろけるように、一心不乱な欲情に耽っているのだった。

と――、そこへDが踏み入った。制止する間もなくふたりのそばにたどり着いた彼の手に、いつの間にやら太いこん棒が握られていた。ランプはわたしの足もとに置かれている。

すべてが一瞬の出来事だった。Dはこん棒をふり上げる。女と老婆へ打ちおろす。ふり上げ、打ちおろす。ふり上げ、打ちおろす。三度、四度とそれは繰り返された。肉を破裂させ、骨を折る音が、血液の湿気が、匂いが、わたしのところまで漂ってきて、思考と運動神経を麻痺《まひ》させた。

ようやく殴打がやんだ。「Dくん……」茫然と、わたしは呼んだ。なんのための呼びかけか、もはや自分でもわからなかった。

「見えるか?」こちらを向いて、Dは肩をすくめた。「ちゃんと血の色をしている」

胃の底が震えた。返り血が、Dの白い開襟シャツに鮮やかな模様を描いていた。興奮を隠しきれない顔にも血しぶきは飛んでいた。どれが女のものでどれが老婆のものか……わたしの呆《ほう》けた頭は、そんな詮《せん》のないことを考えていた。

「さて」悪びれた様子もなく、こちらへとやってくる。その拍子に、ランプの灯が落ちる。

「いまから君も殺すが、かまわんね?」

返事より先にこん棒がわたしに打ちおろされた。とっさに頭を庇《かば》った。腕に痛みが走った。言葉にできない激痛だった。尻《しり》もちをつき、反撃する余裕もなく、ひたすら頭を守った。腕の隙間から見えるDは笑っていた。笑いながら何度となくこん棒を打ちおろしてきた。痛みが繰り返され、ぐちゃりぐちゃりと、わたしが壊れる音がした。視界が赤く染まってゆく。意識が遠のく。痛みも遠のく。死が近づいている。ああ、もう駄目だ——。

はっ、と視界がもどった。身体が飛び起きたのだと、遅れて気づいた。手のひらで顔じゅうをまさぐった。ねっとりとした液体の手ざわり。あわてて確認すると、血ではなく、それは脂汗だった。恐怖と混乱が冷めやらぬまま、辺りを見回した。真っ暗だ。すぐに目が慣れ、二階の六畳間だとわかった。布団の横に、わたしは座っていた。襖のそばに、灯りの落ちたランプがあった。そして——。

「おっと」

わたしの正面で突っ伏していたDが、むくりと身体を起こした。「やあ、無事かい？」

わたしはその冷笑を、安堵《あんど》でも恐怖でもなく、ただ困惑で受け止めた。「D……」

「はは。たまげたか？　こいつはほんとに、とんでもない装置だよ！」

Dは叫びながら、指に挟んだ耳蟲を掲げた。反射的に自分の右耳にふれると、耳蟲はちゃんと埋まっていた。それから気づいた。消えていたビニルの紐と、マシン本体があることに。

「耳蟲はふたつあったのさ。マシンの突起はふたつだから、当然といえば当然だがね」

なるほどと思ったが、納得にはほど遠い。当然でないことが多すぎる。

「ふふふ。いいだろう。ぼくの考えを話してやる。原理はさっぱりわからんが、どうやらこいつは、耳蟲を耳に突っ込むことで双子世界へ渡れる装置らしい」

「双子、世界？」

「仮の名称だがね。ようするに、ぼくらが居るこの世界と瓜二《うりふた》つな別世界だ。おい、そんな顔をするんじゃない。まあ聞けよ。双子世界でなくちゃあ説明がつかんのさ。君はあっちの世界で何を見た？　U子のドッペルゲンガと老婆の睦《むつ》み合いだろう？　そいつならぼくも見た。そしてぼくが、奴らをこん棒でしこたま殴ってやったのも、君は目の当たりにしたはずだ。ぼくのシャツは真っ赤な返り血に染まっていたろ？　ところがどうだ、見たまえよ。このまっ白で清潔な生地を！　誓って早業で着替えたわけじゃあないぜ。ぼくは君といっしょにあちらの世界で時間を過ごし、そして女どもを殺した。しかしこちらの世界では、何もなかったことになっている」

「待ってくれ」必死に頭を整理しながら尋ねる。「つまり彼女と老婆は、下の階でちゃんと生きているのだね？」

「こちら側の世界ではね。でないと返り血の道理が合わん」

「そうか、そうだな……」狐につままれた気分で、無理やり納得するほかなかった。

「あちら側とこちら側の明確なちがいは、いまのところひとつだけ。マシン本体とビニルの紐が見えるか見えぬか。それ以外はすべてがおなじだ」

「すべてが……」

「そう。建物の間取りも人間の身体も面も、痛みや恐怖や、快楽もね。このマシンをつうじてぼくらはかりそめの世界へ渡れる。かりそめではあるが現実と遜色《そんしょく》ない世界へね」

パノラマ……その単語がわたしのなかでくっきりと響いた。

「こちら側へもどってくるには耳蟲を耳から抜けばいい。ぼくは二回ともあちら側で抜いて帰還したが、たぶんあちらとこちら、どちらで抜いてもかまわないのだろう」

「わたしは耳蟲を突っ込んだままだよ。あちら側の世界で抜いた記憶もない」

なのにこちら側へもどってきている。

「殺したからね」

軽い口調でDが答えた。「それで強制的にもどされたのだろう。高いところから落ちる夢をみたときのようにね。おっと、悪気があったわけじゃないぜ。必要な実験だ」

奥歯を噛む。こん棒で滅多打ちにされた恐怖と痛みの残像は消えていない。

「ちなみにあちら側へ渡った人間は、こちら側で気を失ったように固まるらしい。多少あちら側の動きが反映されるようだが、まあ居眠りしているみたいな感じだな」

「君はわたしを追って、途中からあちら側の世界に参加したのだね？」

「ああ、そうだ。奇妙な言い方になるが、双子世界はひとつしかないらしい」

さきほどの放電が思いだされた。次の瞬間、Dの耳にはそれまでなかった耳蟲が嵌っていた。

「面白いのは、ぼくが渡ったあと、女どもが都合よく睦み合っていたことだな」

「え？　じゃあ、あれは――」

「渡るまぎわ、心の中で望んでみたのさ。どうせ殺すならそれらしい雰囲気が良いと思ってね」

眩暈《めまい》を覚えた。この奇天烈《きてれつ》な装置にも、Dの探究心にも、悪趣味にも。

「結論が見えてきたぞ。双子世界は見た目も雰囲気も、感覚的には現実世界と区別がつかない。そして現実の実感を伴いながら、やりたい放題やってしまえる。耳蟲を外せば現実世界に帰還でき、実害は皆無だ」

「……実害がない保証はあったのかい」

「ああ、最初に試した」

「え、いつの間に――」

「裏路地で使ったときさ。ぼくは双子世界の君を殺してみたのだ」

背筋がぞわりとした。たしかにあのとき、意識を飛ばしながらDは両手を斜め上へ突きだしていた。ちょうどわたしの首の高さに。

「君は幽霊じゃあないだろう？　ははっ、怒るなよ。しょせん夢のなかの戯れだ」ニヤリと笑い、マシンを手もとに引き寄せる。「賭けてもいいがあの女たちも無事さ。そしてこれも確信をもっていうが、渡るたびに双子世界は修復される」

「――いまあちら側にもどったら、彼女たちも蘇《よみがえ》っているというのか」

「素敵だろ？　何度でも、壊せるってことなんだから」

そのときのマシンを見つめるDの瞳が、わたしの脳裏に焼きついた。邪悪な笑みが、暗闇にもかかわらずはっきり映り、身震いがした。

「ほかにも隠れた機能があるやも知れんが――まあ、それもふくめてだ、Fくん。今後ふたりでこいつをどうするかの相談をしようじゃないか」

3

「あら、お早いのですね」

事務室にはU子のほか課員は誰もいなかった。「おはよう」とわたしは応じ、向かい合わせにならぶ机の端っこに手提げ鞄を置く。机の表面が湿っているのはU子が雑巾《ぞうきん》がけをしてくれたからだ。彼女は良家の子女でありながら望んで職に就いた働き者で、けっして偉ぶったりもしなかった。自分がいちばん若いのだからと、いちばん早くに出勤し掃除に励む。仕事も真面目で丁寧で、結婚による退職をみなが心から惜しんでいた。

窓際の花瓶の水を替えるU子を、わたしは見つめた。「ここのとこ暑くってたまらないわ」とにこやかにいいながら、彼女は手うちわで頬をあおいだ。ふっくらとした頬である。Dにつれていかれた売春小屋のやつれた女とは似ても似つかぬはずなのに、不思議とつうじるものがある。

「もうあと二ヵ月ほどだね」と、わたしは話しかけた。「あなたがいなくなるのは残念でしょうがないよ」

U子は答えず、花瓶から顔をだす白い椿の花びらをいじっている。

「ほんとうに、残念だ」

「暑いわあ」と、U子がブラウスのボタンをひとつ外した。「ああ、暑い暑い」もうひとつボタンを外し、おもむろにわたしの正面の席に腰かけるや、机に突っ伏してしまう。わたしは立ち上がり、彼女の背後に立って、そっと頭をなでる。背中をなでる。両手を肩に添え、そしてゆっくり抱きしめる。うなじに唇を押し当て、手を乳房へまわす。

わたしはU子を求めた。

あと十分もすれば始業時刻だ。それまでにことを終え、現実世界の事務室へもどらねば遅刻となるが、焦りはなかった。三分ほど余裕をもって終われるだろう。ひたすら粛々と、こなせばよい。練習と反復で身につけた手順のとおりに。

わたしがU子を襲うのは、これがもう百回目を超えていた。


神田で拾った夜からこっち、わたしたちの生活はパノラマ・マシンを中心に回っているといっても過言ではなかった。Dの主導のもと、この未知なる装置の正体を探りつつ、おのれの欲望の解放に精をだしていたのである。

真っ黒で真四角な薄っぺらい本体は刻印のひとつすらなくなめらかで、ふたつの突起以外にスイッチのたぐいは見当たらなかった。突起を押すと耳蟲が飛び出る。もう一度押しつづけるとビニルの紐が引っ込み耳蟲をしまう。そんなからくりのひとつにも洗練された技術がうかがえ、あるいは外界の落とし物という世迷《よま》い言がいよいよ笑えなくなっていた。

その点はDも同様で、これがマシンならば動力が必要なはずだが電力受容プラグはなく、ならばもはや、こいつは利用者の脳みそで生じる神経伝達信号をエネルギーに変えているとしか考えられず、つまりマシンの利用者に生じる感情の起伏、興奮や快楽こそが装置を駆動させる燃料にちがいない——。そんな妄想を嬉々《きき》として語るのだった。
彼の偏執は極まっていた。余暇のすべてをマシンに費やし、ある休日などは朝から晩まで双子世界に浸りっぱなしで過ごしたという。その結果、現実世界の肉体に生じた生理現象や空腹、喉《のど》の渇きは双子世界でも認識され、解消するにはいったん現実世界にもどるほかないことが判明した。
ほかの主だった規則は以下のとおりだ。
場所——双子世界は耳蟲着用時の場所から開始する。確認したかぎり建物や道路は忠実に再現されており、電車や自動車に乗ることも可能だった。
時刻・時間——季節もふくめ正確に反映されている。双子世界だからといって一時間が十分に圧縮するようなことはない。
連続性——利用者の認識は当然として、ほかの人間たち（「登場人物」とDは呼ぶ）の状態も継続する。たとえば双子世界でAを殺した場合、利用者が帰還するまでAは死んだままといった具合だ。壁やガラスを破壊した場合も同様だった。双子世界の状態は利用者の帰還で修復されるが、ひとりが残れば連続性は保たれるらしく、つまりふたりがそれぞれ帰還と渡航を交互に繰り返せば半永久的な継続も可能と思われる。
改変——現実の再現に忠実な双子世界にあって、利用者の望みを無理やり反映させるという不思議な機能だ。とはいえ架空の生物を生みだすとか大爆発、瞬間移動といった超常現象を起こすことはできず、改変範囲は登場人物の言動くらい。それも常軌を逸しない程度の誘導にかぎられる。たとえば怪しげな女ふたりを睦ませてみたり、就業前の事務室からよけいな人間を退出させたり、女の子にブラウスのボタンを外させたり、脈絡なく居眠りをさせたり、ことが終わるまで眠ったままでいさせたりというような……。

ひととおり検証が済んだころ、わたしたちは片方がそれぞれ週の三日ずつを、日曜日はふたりそろってマシンを使うという取り決めを交わした。月曜と火曜と金曜日がわたしの番で、好きにマシンを使った翌日、朝までにDへ引き渡す。日曜日は午前から例の売春小屋へ出向いた。Dが特別に借りた二階の六畳間で膝を突き合わせ、夜までいっしょに双子世界へ渡る。Dはこの取り決めを違《たが》えなかった。どんなに忙しくともあの手この手でわたしにマシンがとどくよう手配した。この三ヵ月間、やむにやまれぬ幾度かの例外を除き、紳士協定は破られなかった。

邪悪で姑息《こそく》なDに似合わない馬鹿正直さは、独り占めするほどの魅力がマシンにないことを意味してはいなかった。粘着に粘着を重ねた検証作業からも興味のほどはあきらかだったし、不要なら手放せばいいだけだ。Dの人脈を使えば金に糸目をつけぬ好事家や研究機関は朝飯前で見つかるにちがいなく、万事強欲な彼が金儲《かねもう》けを厭《いと》うはずもない。

ようするに、ぞっこん惚《ほ》れ込んでいたのである。どうしても手放したくないゆえに、見下しているわたしのような男にさえ気をつかわざるを得ないのだ。下手に機嫌を損ね、マシンのことを吹聴《ふいちょう》されたらかなわないと心配して。

双子世界でDが何をしているのか、どんな欲望を満たしているのか、正確にはわからない。彼とともにするのは日曜日にかぎられ、それすら双子世界の中で別行動になることが多い。声をかけ合うのは現実世界で飯を食うときくらいだ。

とはいえ、想像はできる。それが大きく外れていない自信もある。

考えてみてほしい。もし自分が、一切の行動が咎められない世界に居たらどうするか。大きな失敗をしでかしても耳の詰め物を外せばなかったことになり、何度でもやり直せる世界だ。警察に捕まるだとか、社会的な責任だとか外聞だとかを気にする必要はまったくない。自分の死さえも、そこでは大したことではない。もちろん相手の死も。

なのに現実感はある。視覚、聴覚、嗅覚《きゅうかく》、触覚……。現実世界の空腹は満たされないが、味覚も存在する。唾液《だえき》の交換だったり、肌のぬくもり、汗の絡みつき、射精の快感……。

登場人物の反応も作り物とは思えない。嫌がったり、嫌がったり、嫌がったり……。

ああ、なんという背徳だろうか。わたしはマシンを手にしてからの三ヵ月間、月曜と火曜と金曜日の朝一番に事務室でU子を犯し、帰りにU子を犯し、けっこうな割合で昼間もU子を犯した。日曜日は売春小屋からU子の自宅へ出向き、居ればそこで、居なければ街を捜しまわって彼女を犯した。見つけるのに難儀する日もあったが、むしろそこに楽しみを感じた。

初めてU子と関係を結ぼうとした日、わたしは終業時刻直前に事務室を出て仮眠室の布団にくるまり耳蟲を装着した。まだ改変の機能を充分に理解しておらず、わたしは双子世界の事務室でU子とふたりきりになるのを律義に待った。ようやくそのときがくるや、窓から差し込む夕日を背に告白し、そしてあっけなく断られた。途方に暮れた。漠然と、双子世界なのだから断られまいと思い込んでいたのである。ところがU子はごくふつうにわたしをふり、そのまま去ってしまったのだ。火曜日も金曜日もその繰り返しであった。

Dは手をたたいて笑い転げた。超変態的腰抜け野郎め！　と悦んだ。やがてぎらりと光る目つきになって尋ねてきた。「どうして無理やり襲わないんだ？」

天地がひっくり返る衝撃があった。わたしはなるべく論理的に、U子を無理やり襲わない理由を探してみた。小一時間探しつづけたが見つからなかった。双子世界において、無理やり襲わない道理は存在しなかった。

その翌週の月曜日の、やはり終業時刻直前、わたしは双子世界に渡り前回とおなじようにU子と対峙《たいじ》した。きょとんとするU子を前に、自分でも異常と思えるほどの昂《たか》ぶりを感じた。緊張であったろうし、臆病でもあったのだろう。しかし何より、期待があった。それが沸騰し、理性を溶かしていたのだ。

とはいえ、まずは告白する腹づもりだった。手順を踏むことに意固地になっていた。けれどのぼせあがった脳みそが言葉を発するより先に、なぜかわたしはU子の頬を思いきり殴っていた。

それから先のことは、あまり憶えていない。ただ現実世界にもどってなお、わたしはいましがたの強烈な体験を茫然と反芻《はんすう》し、汗を流し呼吸を荒らげ、罪悪感と背徳感と、それらをあっさりと凌駕《りょうが》する満足感を確かめるため自慰に耽ったのだった。

以来わたしは幾度となくU子と交わった。意識がある場合、彼女は例外なくわたしを拒否した。悲鳴をあげ、全力で抵抗した。ぶたれればこちらも痛みを感じる。嚙まれることもしょっちゅうだ。その激しさに負けてしまうこともあった。双子世界とて甘くはない。そのぶん、ことをなしたときの充実はひとしおだった。

直後の現実世界でU子は怪我ひとつない顔をし、いつもどおりのころころした笑みで「お先に失礼します」とわたしに挨拶《あいさつ》をよこしたりした。それがまたむらむらと劣情を誘い、欲求を満たすべく双子世界を求めた。終わらない循環にすっぽり嵌り、十回、二十回、三十回……百回と、わたしは泣き叫ぶU子を手籠めにしつづけた。

しかし、なぜだろう。ここ最近は会得した改変を使い無用な争いを避け、速やかな処理を心がけるようになっている。

「――それから現実世界にもどると、U子はふつうに帰り支度をしているんだ。楽しそうに同僚と談笑したりしながら。明日の予定を確認したりしながら。そんな彼女を見ているうちに、なんともやり切れない気持ちになってしまってね……」

「ふうん」Dは気のない返事をした。マシンを渡すため、仕事帰りに外で落ち合ったついでの立ち話だった。「よくわからんが――以前はそうした落差にも興奮するといってたじゃないか」

「そうなんだが……しかしどうも、最近のわたしは、これはちがうんじゃないかと思いはじめているんだよ。このマシンは、正しくない。何か、こう、大事なものが欠けているような……」

「そりゃあ君、たんなるやりすぎだぜ」わたしの告白を、Dは半笑いで受け止めた。「倦怠期《けんたいき》ってやつさ。U子ばかりに執着してないでほかをためしたらどうだ？　あの銀幕の女優だって歌手だって、ぼくらは好きにできるんだからね」

ところで――と急に肩を組んでくる。

「君はあのキンキン声の上役を何度殺した？」

Dの息が頬にかかった。「いや、ごまかさなくてもいい。自慢じゃないがぼくだって、ちゃらんぽらんな部長を十回以上、口だけ偉そうな先輩を数十回、熱く文学なんぞを語りだした後輩を何回か、ほかにも合わせて百回は殺しに手を染めてるぜ」

いいかFくん、ぼくのやり方を教えてやろう。まず後ろからぶん殴って昏倒《こんとう》させてね。それから手足をきつく縛って転がし、相手の自尊心が折れるまで蹴《け》りをくれてやるんだ。こっちの世界じゃふんぞり返ってる馬鹿どもが「やめろ」とわめくのを見下ろすのはなかなか悪くないもんだぜ。そのうち涙声で「やめてください」といいだして、最後には小便ちびりながら「お願いです、赦《ゆる》してください」ってなもんさ。あれはちょっと、やみつきになる気持ちよさがあるね——。

加えると、このマシンの双子世界は登場人物が反撃してくるところが面白い。ぼくは先輩を殺《や》るときに毎回苦戦するんだ。あいつは昔、柔道の選手だったからね。その代わり縛っちまったあとは人格が崩壊するほどの仕打ちをくれてやるんだが……。返り討ちがめずらしくないぶん達成感もあるってわけさ——。

「ようは遊びなのだよ。双子世界は究極の作り事なんだ。ゆえに誰も傷つかない。そうだろ？　じっさいU子の貞操は奪われたか？　彼女は泣いたか？　君の上役やぼくの先輩は、現実では傷ひとつ負っちゃいない。彼らは自分が被害に遭ったことすら一生知りはしないんだ。いったいどこに、罪悪感の出る幕があるっていうんだ？」

返す言葉もなかった。もしここでDに「飽きたんなら手を引け」といわれたら、わたしは慌てて前言を撤回しただろう。双子世界でなければわたしはU子に触れることすら叶《かな》わない。上役に逆らうなんてできっこない。

わたしとて、日常的に殺っている。ふだんペコペコしている相手を、繰り返し繰り返し。もはや双子世界はわたしにとって、つまらない現実を生きるよすがといってよかった。そう、そのはずなのに……。

だが、ちがう。これじゃない。そんな気持ちが、ぬぐえない。

「まさか君――」Dがからかうようにいう。「本気でU子に惚れたってんじゃあるまいね？」腹をつねられた瞬間、わたしは思わず肩に回された彼の手を強くふり払った。ばちんと手首に痛みが走るほどのいきおいで。

瞬間、Dの全身から尖《とが》った空気があふれ、わたしはとっさに彼の右腕をつかんだ。「すまない！」笑みが消えた真顔に向かって頭を下げる。「どうか赦してくれ」

「……ふん」Dの右腕から力が抜けた。「ここが双子世界なら殺していたよ」

こうしたやりとりがあった次の日曜日、Dに誘われたわたしは双子世界で電車を乗り継ぎ、とある町におりたった。きつい日差しの下、汗だくで坂をのぼった。目に映る屋敷や邸宅はひとつ残らず立派な構えをしていた。

「U子の婚約者の居場所を突き止めてね」

それがDの誘い文句だった。

坂の頂上に洒落《しやれ》た鉄門が見えた。上等な保養所の土地だという。生き生きと輝く緑の庭園を抜け、テニスコートが見えてくる。とん、とん、と球を打つ音がする。肉体のほどよい躍動や弛緩《しかん》した笑いが満ちている。その男は、白い歯を見せていた。手前の華奢《きやしや》な背中の女と球を打ち合うさまは、まるで健全を主題にした活動写真のようだった。

「おやまあ」Dがわざとらしい声をあげた。「あの背中はU子嬢ではないか！」舌なめずりが聞こえそうな口ぶりは、彼があらかじめなんらかの手段を用い、ふたりの微笑ましい行楽を狙い撃ちした証明にほかならなかった。Dは右耳に突っ込んだ耳蟲を指で軽くたたいた。無意識の合図のようだった。さあ、楽しい時間だ——。

その足どりに迷いはなく、わたしはあとを追いながら、きっとこの先Dは虫も殺さぬ面でふたりに近づき、「やあU子くんじゃないか。こりゃあどうも奇遇だねえ」などと歯の浮く台詞をにこやかに吐き、白い歯の婚約者と名乗り合って握手などしたりして、当たり障りない世間話や結婚を祝うやりとりのさなか、唐突に、彼か彼女に暴力をふるうのだろうと確信していた。そして双子世界の現実は、およそそのとおりになった。

初々しい美男美女とすぐさま打ち解けたDはコートの中に招かれるや、雑談を装って白い歯の婚約者からラケットを受け取り、U子の顔面を横殴りにした。おどろいて目をひんむく白い歯の婚約者の喉を思いきりラケットの柄で突いた。足を蹴りつけ、膝であごを打つ。白い歯の婚約者が地面に崩れると、Dはわたしに彼を押さえておくように命じた。白いテニスウェアの背中にまたがり、わたしは後ろから彼の首に手をかけた。すでにDはU子に襲いかかっていた。白い歯の婚約者がわたしに組み敷かれながら、やめろ！　と叫んだ。その声に気をよくしたDは容赦なくU子を丸裸にしていった。U子の悲鳴と抵抗が、いよいよDを興奮させていた。晴天の真昼間にもかかわらず、助けにくる者はいない。改変の力が作用しているのだ。白い歯の婚約者がしぼりだす怒号がやがて哀願に変わり、U子の態度が諦念《ていねん》に染まったころ、Dは絶頂に達した。やあ、最高だね、君のフィアンセは。どうもごちそうさまでした。Dは怒りに肩を震わす白い歯の男を見下ろし、さらに重ねた。どれ、いまの感想を正直に述べてみたまえよ。悔しいのか、それともフィアンセを汚されて興奮したかね。ん？　どうなんだ、正直にいわないとそのきれいなお目めをくりぬいちまうぜ——。

やあ、Fくん。すっかり待たせてしまったね。あのとおりU子は壊れたレコードみたいにすすり泣いているありさまだけど、かまうまい。身体は無事だ。さあ、このお兄さんはぼくが引き受けるからせいぜいよろしくやってくるといい。

Dにうながされるままコートの奥へ歩いた。裸のU子は仰向《あおむ》けにぐったりしていた。Dにぶたれた頬は腫《は》れ、青痣《あおあざ》もできていた。この世のすべてを拒否するように顔をそむけていた。

そんな彼女を眺めながら、ひと言でいうと、わたしは嫌気が差していた。

なんて、くだらないのだろう。いったいわたしたちは、何をしているのか。こんなのはまちがっている。まちがっているのだ。

U子を襲う。染みついた手順のとおりに、作業のように。背後から、白い歯の婚約者のうめき声がした。情けない泣き声だった。Dが、こっちのほうも悪くないな！　などと叫んでいる。

翌日、早めに出勤し、いつもどおり事務室でU子とふたりきりになった。

「あら、お早いのですね」

「ああ、どうも、おはよう」

おはようございます、とU子は丁寧に挨拶を返してきた。わたしは自分の席に腰を落ち着け、花を世話する彼女の後ろ姿を見つめた。手提げ鞄にパノラマ・マシンを忍ばせたままで。

「日に焼けたようだけど」

「やだ、わかりますか?」U子が頬を赤らめた。「このお休みに外へ出かけて、とても良いお天気だったものだから……」

もちろん彼女に、Dの仕打ちは存在しない。婚約者がたどった悲惨な末路も、わたしの事務的な処理も、いや、これまで受けてきた非道のすべてが、彼女にとっては遠い異国の誰かが見た夢にすぎないのだ。それが双子世界の出来事であるかぎり、たとえ四肢を切り落とし、ひゃっぺん犯し、顔面を粉々に潰《つぶ》したところで、こちら側を生きるU子は朝がくるたび幸福に彩られた愛嬌を振りまくのだろう。

「幸せに、なるといい。ほんとうの幸せを、手に入れるといい」

わたしの台詞がよほど意外だったのだろう。目を丸めてふり返るまぎわ、U子は危うく肘《ひじ》で花瓶を倒しかけた。かろうじて手で支え、彼女はいった。「ありがとうございます」それから溶けるように破顔した。「ぜひ、Fさんも」

うん、そうだね、とわたしは返した。心から、まったくそのとおりだ、と思った。

4

Fの野郎、何をたくらんでやがるんだ――。

様子がおかしいとは感じていた。確信を得たのはひと月前。U子とU子の婚約者とテニスコートで遊んだとき、白い歯の婚約者にまたがったままFが彼女をどうするか、じっくり様子を眺めてやった。結果は案の定だ。奴は気のない行為に終始していた。ぷよぷよの背中からは興奮も快感も感じられなかった。

不能野郎め。このマシンは正しくない？　大事なものが欠けている？　何いってんだ馬鹿者め。いまさら恥ずかしげもなく正義面とは恐れ入る。

どうせ貴様に、パノラマ・マシンの真の価値はわかるまい。ちょっと不思議な装置くらいに思ってるんだろ？　間抜けがっ。あれが秘めたる可能性を、少しは真面目に考えてみろ。そんじょそこらの活動写真や小説がゴミと化す破壊力を想像もできないのか。

改変機能が良い例だ。なぜあれが備わっている？　答えは明白。それが利用者を満足させるからに決まってる。

つまりパノラマ・マシンは、究極のエンターテインメント装置なのだ。現実とそっくりな双子世界を提供し、現実では困難な欲望を現実のとおりに充足させる。うつつのごとき夢を与え、うつつと夢の境界を溶かすマシン。この素晴らしさ！　誰にも邪魔されず、誰ひとり傷つけず、すべての行動が許され、すべての衝動が解放可能な世界の実現。繰り返せて、やり直せる世界。そして改変までできる。クズでも英雄に。あるいは聖人が悪魔になって非道のかぎりを尽くすも思いのまま。どうせ誰も困らない。自由だ。検閲も発禁もないのだから。

　このマシンが世界中にいきわたったらどうなる？　多くの者が、ままならない現実世界より双子世界を生きようとするだろう。いずれ現実世界の価値は栄養の摂取と排泄《はいせつ》以外になくなるにちがいない。金儲けすら馬鹿らしい世界の到来だ。戦争も不要になる。現実世界で争う価値がなくなるのだ。世界征服がお望みなら双子世界で何度でも、気が済むまでやればいい。

　そんな崇高なヴィジョンを、あの狸豚に理解しろってのは無理な話か。進歩できない種族の代表みたいな男だものな。死ぬまで山で柴《しば》を刈って川で洗濯してろってんだ。

　会社のビルが見えてくる。くだらない接待を終え自宅に着いたところにFから電話がかかってきた。今夜中にマシンを渡したいというが、こんな夜中に呼びだすなんて、いかにも怪しげではないか。

　このひと月、警戒はしてきた。特にふたりきりで過ごす日曜日は細心の注意を払った。双子世界へ渡航中、現実の身体は無防備だ。奴だけがもどっている状態は非常にまずい。そこで勝手な帰還と別行動を禁止した。丸め込むのはたやすかったが、しかし安心とはいかなかった。いつ隙を突かれるか気が気でなく、常に奴の耳へ目をやる癖がついてしまった。そこに耳蟲があれば渡航中だし、なければ帰還したとわかるからだ。

こんな状態じゃあ、気持ちよく欲望を解放してらんないぜ。

ぼくはぼくで今夜、奴と話をつける腹づもりでいた。はっきり命じよう。マシンをよこせ。金なら好きなだけ包んでやるから黙って手を引け。もし断ったなら――。

以前から、ぼくはズボンの後ろポケットに護身用の武器を持ち歩いている。とある作家の家からくすねた得物だ。さあて、あの野郎を殺しちまったとき、どうやって罪を逃れようか。何せこちら側の現実世界にゃ警官もいるし懲役もあるからな。

そんなことを考えながらビルの入り口をくぐる。宵越しで動く部署もあるから戸締まりはあってないようなものだ。Ｆはぼくが所属する文芸部の部屋にこいといっていた。四階まで階段をのぼる。接待で飲まされた安酒はすっかり抜けていた。その気になれば原稿の手直しだってできるだろう。

廊下にならぶ入り口のなかで、文芸部の部屋だけに灯りがともっていた。校了日を終えたばかりだから、この時刻の残業は考えにくい。Ｆが居るのだ。

いったん記憶を確認する。下の階に人の気配はなかった。外からは上の階も真っ暗だった。不気味なほどの静まりようだが、こうした夜が月に一、二度ある。Ｆはそれを狙ったのか、たまたまか……。

「今夜は丸い月が出ているねえ」

声をかけると、部屋の真ん中に突っ立っていた男がこちらを向いた。

「そうかい、気づかなかったな……。ああ、申しわけない。こんな時刻に呼びだしてしまって」

終業からもう何時間も経っているのに、Fは背広姿だった。手提げ鞄を抱きしめ、落ち着かない様子で部屋を見まわしている。「いやあ、さすがに広いなあ。事務のほうはこれの半分くらいだよ」

「ウチの会社の最前線だからね。とはいえ、優秀な奴ほど居つかなくなるものさ」

その席も――、とFににじり寄る。同時に右手をズボンの後ろポケットに入れる。「ろくに使われちゃいないから、新品みたいにピカピカだろ?」

引きつった愛想笑いを浮かべるFを、ずいっとのぞき、彼が見下ろしていた机をたたく。

「なんでぼくの席を知ってる?」

Fの丸い頬を汗が一筋流れる。「なんでって……おなじ会社なんだ。知る機会くらいはあるよ」

「部屋の広さにおどろいていたくせにか?」

口をもごもごさせ、しきりに汗をぬぐう。

「なあ、Fくん。正直なところを聞かせてくれよ。ぼくになんの用なんだ？　マシンの受け渡しならいつもどおりロッカーを使えばいい。ほかにも便利な方法はいくらでもあるだろう。いままでそれでやりくりしてきたんだからね」

「た、たしかに、それは、そうだね……」

Ｆの汗はとめどなかった。挙動に脅《おび》えが見てとれた。なのにこいつ、今日にかぎって目をそらさない。

「――貴様。マシンはちゃんと持ってきたんだろうな」

言い終わるまぎわ、顔面に熱い液体がかけられた。とっさにズボンの後ろポケットから右手を引き抜く。ボタンを押すと刃が飛び出るナイフだ。目をつむったままそれを正面へ突きだす。Ｆの胸に見当をつけた刃が、ぐにっと食い込む感触があった。目を開けると、ナイフが刺さったのは手提げ鞄だった。Ｆはそれを盾にし、こちらをうかがっていた。顔にかけられた緑茶が香る。

ナイフを抜き、もう一度突きだす。今度はしっかりＦを狙った。しかしかわされた。たるんだ腹を横に切り裂いてやる。ところがこれも、Ｆは紙一重でよけるのだ。混乱しながら、ぼくは効率よくナイフをふり回した。Ｆに反撃を許さないよう的確に突き、切る。なのにＦは安物の手提げ鞄ひとつを使い、あれもこれも、きれいに守る。見るからに息はあがっている。汗がシャツに地図を描いている。なのにかわす。まるで振り付けの決まった演武のように……。

脳みそを、違和感が駆け抜けた。それが一瞬の隙になった。Ｆの手提げ鞄がぼくの鼻をしこたま打った。間髪をいれず、足に組みつかれた。床に倒されるまえにナイフをふるってＦの左目を切りつける。――はずだったのに、ナイフはFまでとどかなかった。ナイフの軌道をくそ作家どものくそ原稿のくそ山が遮ったのだ。足をすくわれ仰向けに倒れたぼくに、Fが馬乗りになった。

右手首をがっちりとつかまれた。Fの汗が雨のように降ってきた。気色悪くて仕方がなかった。

「貴様――」ぼくは奴を見上げた。「――何をした?」

Fに隠れた武の才などがあるはずがなかった。にもかかわらず、まるですべてが計算されたようにぼくはあしらわれた。ナイフを持っていたのにだ。あり得ない。そもそもFは、ぼくがナイフを取りだすことを、あらかじめ知っていたように動いて……。

「練習した」

はふはふ息を荒らげつつ、Fがいう。「練習したんだ。だからこの場所にした。ここでしか、練習できなかったから」

「……何をいってる? いったい、練習というのは――」

訊きかけ、さっきの違和感が蘇った。いや、さっきだけじゃない。もっと以前にも、ぼくがナイフを取りだそうとした右腕を、とっさにつかまれたことがあったような……。

ああ……、こいつ。まさか。

「そうだよ。わたしは自分がマシンを使える日、双子世界で練習を積んでいたんだ。君をこうして組み敷くための練習を、繰り返し繰り返し」

君が確実に居る場所は文芸部の部屋しか当てがなかったからね。外回りに行ってしまうまえに可能なだけたくさん戦った。双子世界の君も後ろポケットのナイフを抜いたよ。わたしは最初、それにひと突きで殺られてしまった。すっぽり目玉から脳まで壊されたんだ。その後も数えきれないくらい切られて刺されて殺された。何度経験しても刃が肉に入ってくる感触は嫌なものだね。

まずは初めの一撃をどうにかしようと考えて、お茶をかける方法を編みだしたんだ。鞄で防ぐすべを身体にたたき込んだんだ。何十回、何百回と練習してね。君は編集者だから、犯罪者の男が質問を予習して嘘発見器を欺くって小説を読んだことがあるだろ？　あれと似ていると思うんだ。君はお茶を浴びると毎回必ずナイフをまっすぐ突いてきた。そしてそれを鞄で防ぐと、次は首のあたりを狙ってくる。それをかわすと腹を切りにくる。不思議なものだね。君も無自覚なんだろうけど、ほとんど毎回、このパターンは変わることがなかったんだ。気づくまでにずいぶん時間はかかったけどね。問題はむしろ、わたしのよけ方のほうだった。決まったとおりにやらないと、ちがう攻撃をされるからたいへんなんだ――。

「今夜、君をこうして組み敷いた結末は、勤勉な練習と反復のたまものなんだよ」

「待て」必死に声を絞りだす。「いったい、君はいつから――」

「いつからって」Fはきょとんとしていた。「初めからに決まってるじゃないか」

まさか――と唾が飛んできた。

「わたしに殺されていないとでも思ってたのかい？」

信じられない、という顔をする。

「マシンをひとりで使えるようになった日からずっと、わたしは君を殺しつづけてきたんだ。いや、正確には殺そうとしてきた、か。成功のほうが少なかったのは事実だからね。ようやくちゃんと殺せるようになったのはごく最近だよ。ほら、君を邪魔した原稿の山があったろ？あれが最後の発想だった。それまでは、よくて相打ちってとこだったんだ」

いいながら、Ｆは両手をぼくの喉に当てた。

「待て！」

声を発する。発さねばならない。

「なんのためだ！　なんのためにぼくを殺す？　理由は？　理由を教えろっ」

しかしＦは軽く首をかしげた。ほんとうにわかっていないようだった。ふざけるな、と思った。

「マシンか？　あのマシンを独り占めしたいのか？　わかった。ぼくの負けだ。くれてやる。いいや、もともと君のものだったな。すまない。すっかり忘れていた」

「いや、ちがう」

Ｆがはっきりという。

「マシンはどうでもいいんだ。あればあったで遊びはするけど、重要じゃあない」

体重が移動する気配を感じ、ふたたび「待て！」と叫ぶ。

「待て。いいから待つんだ。わかってるのか？　ここは現実だぞっ」

そうだ。現実なのだ。パノラマ・マシンの世界じゃないのだ。

殺したいなら、殺すがいい。ただし双子世界でやるがいい。それでいいじゃないか。なんの不都合がある？

「向こうで何度でも殺せばいい。現実なんて一回こっきりでおしまいだ。取り返しがつかないんだ。そんな馬鹿げた話があるかっ！」

「Dくん」

真上から降り注ぐ電灯の光のせいで、Fの表情がよく見えない。「それだよ、Dくん。わたしは何度もU子を襲い、君を殺し、殺されたりして、それはそれで楽しかったはずなのに、なぜか途中から満たされなくなったんだ。朝の事務室でふつうにしているU子を見たり、いつもどおりに偉そうな君と会ったりしているうちに気づいたんだ。これじゃない。これじゃあ、わたしは満足できないってね。理由なんて説明がつかないよ。でもいま、君が教えてくれた。きっとわたしが求めているのは、君がいう、取り返しのつかなさなんだ」

喉が圧迫される。両手に握力が加わり、腕に体重がのる。Fの図体が、ぼくの頸動脈《けいどうみゃく》にのしかかる。間抜けな顔がぐいっと迫る。

「U子より君を選んだのは、たぶん君の影響だ。いってたろ？　いっそ自分を心底嫌っている女を無理やり抱くのが楽しいんだって。だからぼくもそうしようと思ってね。殺すなら、心からぼくを見下している、君しかいないって」

はあ？　なんだそりゃ。冗談も休み休みにいいやがれ。

しかし言葉にはできない。息が止まり、泡を噴く。行き場を失った血液が脳みそのあちこちで爆発している。かすむ視界が、最後の景色をとらえた。穴の底から仰ぎ見るように。

ちくしょう、Ｆめ。充実した面してやがる。

ダニエル・《ハングマン》・ジャービスの処刑について

ダニエル・《ハングマン》・ジャービスは最初、《ハリケーン》と呼ばれていたんだ。ニューヨークをハリケーン・サンディが襲ったとき、壁を吹っ飛ばされた掘っ建て小屋で、奴は身重の母親を守るために飛んでくる瓦礫《がれき》やレンガをその両拳《りようこぶし》で叩《たた》き落としたって話でな。これがプロモーターのセールス・フィクションなのはみんな知ってる。サンディが東海岸を荒らした十年前、母親のお腹にいたはずの弟がなんでいま二十歳になっているのか、誰も説明をつけられやしないんだからな。

ダニーが十五歳でボクシングをはじめたのはほんとうだ。じっさいはもっと前から真似事はしていたらしい。親は褐色のプエルトリコ系。育ったのはロング・アイランド地区。わかるだろ？　そう、クイーンズブリッジ団地さ。路地をひとつ横切るたびにべつのギャングチームに出くわすようなその場所で、ダニーは弟と肩を組んで血の青春を送った。クラックを売ったりテレビをパクったり、よそのチームと抗争したりしながら実戦経験を積んだんだ。早くからダニーの腕っぷしは仲間たちの信頼を勝ちとり、敵からは恐れられていた。ふだんは騒がしい男じゃないのに、いったんスイッチが入るとぜんぶをなぎ倒すまで止まらない、まさにハリケーンってわけさ。

プロデビューは十七歳。州の年齢制限に引っかかってメキシコで試合をした。相手は国内タイトル間近と評判だったテクニシャンのホープで、手ごろな調整試合のつもりだったんだろうが、ダニーはそいつをたった3R《ラウンド》で血だるまにした。ダニエル・《ハリケーン》・ジャービスの誕生だ。

それが《ハングマン》になったのは、デビュー五戦目、初めてアメリカ国内で試合をしたときだ。ライト級世界戦の前座で、タフネスが売りの元大陸間王者を今度は2Rでぶっ倒す。ロープ際に押し込んでボディを叩きまくって、相手が嫌がったところにとどめのショートアッパー。顎《あご》と喉仏《のどぼとけ》のあいだにすべり込ませるような必殺パンチで元チャンプは失神し、膝《ひざ》からもろくもくずおれた。その瞬間を写した写真が首吊《くびつ》りの処刑みたいだってんで吊るす者――ハングマンになったのさ。

六戦目で国内スーパーフェザー級王者になった。このときも密着状態からのショートアッパーで勝負を決めた。次の大陸間王座戦もフィニッシュブローはショートアッパー。《ハングマン》の異名を広めるためにプロモーターが命じてたって噂もあったが、まともな識者はファンタジーだと嗤《わら》ってた。相手は腐ってもタイトル保持者。実力は本物だ。狙ってやってるのだとしたら、ダニーと彼らのあいだにそうとうの開きがあったってことになる。ちょっと考えにくいほどの力の差がな。

現役世界チャンピオンの経歴を調べてみな。ほとんどの奴がアマチュアで五十戦ぐらいは場数を踏んでる。ゴロフキンは三百戦以上、少ないカネロだって二十戦はこなしてる。

ダニーはいきなりのプロスタートだ。金のためって事情はあったんだろうが、ふつうそういう奴は嚙《か》ませ犬のまま消えていくのが現代ボクシングの相場だ。オフェンスにしろディフェンスにしろ、センスとガッツだけで勝てる時代は終わってる。充分なテクニックとインテリジェンスを身につけるにはどうしたって時間がかかる。ダメージもハードなプロのリングで戦いながら覚えるなんていってたら、それが遺言になりかねない。とくに中量級は激戦区だしな。

ところがダニーは実績ゼロの裸一貫でのし上がった。客とプロモーターを味方につけ、無敗の世界チャンピオンにのぼりつめた。これだけでも奴が歴史に残る逸材だと決めつけていいだろう。

だからみんな、さぞかし驚いたはずだ。事情を知らない者からすれば、ダニーがやらかしちまった例の件は輝かしい才能と選手生命を台無しにしかねない愚行、あり得ないミステイクだった。だが、おれにはわかる。あれはれっきとした、《処刑》だったんだって。


おっと、先に世界戦の話をしとかなくちゃな。相手はＷＢＣ世界スーパーフェザー級チャンピオン、フリオ・メンデス、三十二歳。二十七戦二十四勝一敗二分け。二十ＫＯを誇るキューバ人のニックネームは《暴走機関車》。十戦全ＫＯ中のシンデレラボーイに立ちはだかる壊し屋だ。会場はMGMグランド・ラスベガス。初っ端《ぱな》からフリオはお得意の右フックを飛ばし、ハンマーみたいなその強振をダニーがブロックで受け止める。その後はお互い様子見のジャブの突き合い。猛牛同士の試合は意外にもテクニカルな駆け引きではじまった。1R、2R、3Rと似たような展開で進み、血みどろの死闘を期待する観客たちが小汚いブーイングを忘れるほどの緊張感を保ったまま4Rをむかえた。

ダニーのファイトスタイルは一見するとシンプルだ。身長一七二センチはこの階級じゃスタンダードだが、骨格と筋肉はライトかスーパーライト並み。減量でつまずきさえしなけりゃパワー負けはあり得ない。そのくせ小回りが利くもんだからやっかいなんだ。ガンガンロープに押し込んで腹を叩きまくる。ポイントはこの連打が「触るボディ」じゃないことだ。一発一発、ちゃんと刺すブローになってるんだから食らうほうはたまらない。強打の乱発はたいていバランスを崩して隙をつくっちまうもんだが、ダニーにかぎってそれはない。たぐいまれな体幹の為《な》せる業といえるだろう。ハリケーンに巻き込まれたら過ぎ去るのを待つしかないのさ。

とはいえ、ここは泣く子も黙るプロのリングだ。圧倒的なフィジカルを戦略が凌駕《りょうが》するなんてのはめずらしくもない。

当時、ダニーは腕力野郎だと思われてた。馬鹿のひとつ覚えを恵まれた身体で無理やり押し通してるだけだとな。

この試合もそうだ。評論家どもは初めて自分に匹敵する体格とパワーの持ち主に当たったダニーが引き出しの少なさを露呈すると予想していた。たしかにフリオはそれまでの対戦相手とはランクがちがう。暴走機関車でありながら、運転席にはクレバーでずる賢いドライバーを乗せている本当の実力者だ。

4R開始早々、フリオは右フックをふった。1Rから見せてた牽制《けんせい》の強打。これをダニーはかわす。3Rまでは踏ん張ってブロックしていたパンチを、ブロッキングの体勢をつくりながらステップバックしたんだ。スエーじゃないぜ？ VTRを見返すと、ガードでしっかり受け止めていた1、2Rとちがって、3R目のブロックじゃ足もとがほんのわずかにふらついている。それぐらいの威力だったってことだろう。4R目のダニーは右フックへの警戒度をあきらかに上げていた。腰の引けたステップバックにはビビってる雰囲気がありありで、きれいにかわせてるくせにカウンターのそぶりすら見せない及び腰が旗色の悪さを物語っていた。

ボクシングは距離とポジションの奪い合いだといわれてる。つまり自由の奪い合いだ。人間の身体構造上、ある体勢から打てるパンチの種類はかぎられている。ディフェンスの仕方もそう。この距離とこの位置から放たれるパンチを防ぐ方法は無限じゃない。距離とポジションを支配するってのは、ようするに相手の行動を制限していく作業なんだ。選択肢を狭められたボクサーの動きは読みやすく、攻防で後手に回らざるを得ない。選択肢を抱えてるほうはナイフとフォークで好きに料理にありつくことができるのさ。

実力が拮抗《きっこう》し、似たようなスタイルでノーダメージとくれば、心理面が重要になる。序盤からフリオがしつこく右フックをふっていたのはまさにこのためだった。恐怖だよ。恐怖を植えつけようとしていたんだよ。

もちろん闇雲にふり回してただけじゃない。フリオの罠は、4Rまでぜんぶの右フックをまったくおなじ角度とモーションで打っていた点だ。プロボクサーのナックルスピードは動体視力の限界を超える。目で見てかわせるのは大ぶりのテレフォン・パンチぐらい。だから彼らは相手の距離や位置や予備動作——ささいな筋肉の動きやステップワーク、そこにメンタルファクターを加えて予測を立てる。フリオの右フックは独特な角度から飛んでくる。おまけに五種類のバリエーションがあるといわれてた。ほんとはもっと細かく区別できるんだろうが、なのにこの日のフリオはぜんぶおなじ角度にそろえてフックを打ちつづけていたんだ。わかるだろ？　フリオは4Rかけて、ダニーに自分の右フックの、いわばパターンAを教え込んでいたのさ。BやCのバリエーションがあるのはダニーだってわかってる。だが人間の反射ってやつは理屈で完璧《かんぺき》に制御できるほどハイスペックには出来てない。慣らされたタイミング、モーション、スピード、それらに基づく予測。そしてブロック越しに味わわされてきた破壊力。いわばダニーは身体と心に時限爆弾を仕掛けられた状態で、4Rのへたれたステップバックは、それがいつでも起爆可能だと報《しら》せたようなもんだった。

そして5R目だ。リング中央でお約束どおりのにらみ合いかと思った矢先、フリオが果敢に突っかけた。右フックじゃなく左ジャブのトリプルで距離をつめ、右ボディ。ロープを背負ったダニーは猛攻をブロッキングとスエーでしのぐ。タイミングを見計らった右フックが飛んでくる。ダニーは難なくブロック。なぜならしょせん、いままでどおりのパターンAだったから。

フリオにとっては、これが最後の仕上げだった。起爆装置に電源を入れたんだ。ラッシュのさなかに飛んできた右フックさえおなじタイミングと角度だったことで、ダニーの防衛本能は右フックの危険度を下げる。大丈夫、こいつは防げる――ってな。フリオの術中さ。種を蒔《ま》き終えたチャンプはラウンドの途中でもう一度ラッシュを仕掛けた。防戦一方のダニーだが、ここを乗り切ればロートルの息は上がる。コーナーに追いつめるフリオの様子は鬼気迫るものがあって、それがよけいにオーバーペースを思わせた。フリオのファンですら、暴走機関車がレールを曲がり損ねる瀬戸際だと感じていたはずだ。決めきれないと横転の未来が待ってる。頼むフリオ、一秒でも早く生意気な若造の顎を砕いてくれ！

キューバ国民の心配と正反対に、フリオは冷静に作業をこなしていた。腕をふり、唾《つば》を飛ばして切迫感を演じつつ、じっさいは虎視眈々《こしたんたん》とチャンスがくるのを待っていた。そしてそのときはおとずれる。コーナーに釘付《くぎづ》けだったダニーがたまらずクリンチに動く一瞬の隙。右フックの絶好の標的。ダニーはダニーで右フックを誘ってた。なぜなら容易に防ぐことができるから。その自信があったから。まさかここで予想を裏切る軌道でミサイルが発射されるなんて夢にも思わず――と、フリオは考えていた。

一秒後、マットに沈んでいたのはフリオ・メンデスだった。テンカウントは必要なかった。

彼の顎はダニーのアッパーカットで砕けちまってたからな。

この試合のテクニカルな解説をダニーは公式に語っていないが、すべてがプランどおりだったことはスローモーション再生をしてみれば明白だ。コーナーから逃れようと踏み出すダニーの表情をちゃんと観察すればな。奴の意識はフリオの右に集中してる。ほかの攻撃はあり得ないと見切ってる。そしてフリオがここぞとばかりに軌道を変えて放った渾身《こんしん》の右フックを、ダニーはその拳がまるでアクションシーンの振り付けであるかのようにあっさりかわし、同時にカウンターの予備動作を終えている。冷静そのものの面――いや、冷静というより、あれは冷酷って感じだったな。

マジでダニーは、これまでもアッパーカットをフィニッシュブローに決めて試合を組み立ててきたんじゃないか？　一部のファンがささやいていた都市伝説を、じつはおれも疑っている。それがプロモーターの命令なのかセルフプロデュースなのかは不明だが、奴が真に恐ろしいのはその体格やセンスじゃなく、タクティクスなんじゃないか。あるいは卓越した心理戦の支配力。フリオ・《暴走機関車》・メンデスとの試合を見返すとどうしてもそう思えてしまう。１Rから４Rにかけて罠《わな》を張っていたのはフリオじゃなく、ダニーだった。奴はフリオがフィニッシュに選ぶであろう右フックを読みきっていて、というか、試合を完全にコントロールするなかで「その距離と位置ではそれしかあり得ない一撃」にフリオを追い込んでいたんだろう。フリオは自分で選んだつもりで、じつは選ばされていた。自由を奪われていたのさ。ダニーは計算式のようにやってのけた。罠にかかった間抜けのふりをしながらな。
ともかくボクシング界は中量級のニュースターを得た。頭の固い評論家はダニーのインテリジェンスとテクニックを認められず「ラッキーボーイ」と呼んでおのれの馬鹿さかげんを世間に拡散していたが、客はそんなのどうでもいい。《ハングマン》の試合はおもしろい。熱くなれる。今度吊られるのは誰だ？　けっきょくのところ、それがボクシングなのさ。

二十一歳、若きチャンプの快進撃がはじまった。同級一位の指名試合を軽くクリアして以降、プロモーターは容赦なくモンスターをあてがった。ニカラグアの生きる伝説、マウリセ・《ジャガー》・カスティージョ。元世界二階級王者、《ロンドンの悪魔》ジョン・ベリンガム。二度の大怪我から奇跡の復活を果たした不屈のスーパーチャンピオン、ナタブ・《アンデッド》・プンチャロポン。そうした強豪を蹴《け》散《ち》らしながら、じょじょにダニーのファイトスタイルは変わっていった。ベタ足で距離を殺すファイタースタイルから、ミドルレンジの突き合いを制するボクサースタイルへ。理由はふたつあるといわれてる。まずはファイタースタイルへの対策が講じられつつあったこと。カウチに座ってコーラを飲みながら観戦できる評論家とちがって世界チャンピオンをなめるチャレンジャーはいない。ボクサー連中はダニーの実力を低く見積もってはいなかった。ファイタースタイルを封じる戦術はいくつもある。それを遂行できる実力者を相手にサクセスロードを歩もうと思ったら、自身も幅を身につけていくしかない。戦術上の必要性とはべつに、もうひとつの理由はリスク管理だ。近接戦は常に一発を食らう恐れと背中合わせだからな。上手《うま》くいっているうちは血沸き肉躍るエンターテインメントを提供できるが、一歩間違えればキャリア終了のダメージを負いかねない。世界チャンピオンになったことで人気も名声も得た。客受けのために選手生命を賭《か》けるメリットはもうない。ダニーはテクニカルボクサーへシフトチェンジし、じっさいWBAチャンピオンとの統一戦では華麗なアウトボクシングを披露した。北京《ペキン》五輪の金メダリスト、トリプルKことカーク・キット・クルーガーと10Rまで玄人がうなるテクニックの応酬を演じきった。特筆すべきは、それでもけっきょくダニーはKO勝利を飾っているってことさ。ご丁寧に代名詞のショートアッパーも絡めてな。けっしてディフェンシブ一辺倒にチェンジしたわけじゃない。より安全に、より確実に、相手を処刑するために、より適正なやり方を選んだってことなんだ。

ひとりのボクサーがそういくつもの戦い方をできるのかって？　できやしない。歳をくったスピードスターがロープワークに従事するなんてのはありふれた話だし、フォアマンなんかはむしろそれで伝説になったクチだが、キャシアス・クレイにしろ誰にしろ、たいていのスタイルチェンジは肉体の衰えからくる妥協の産物でしかない。ダニーはちがう。奴にとってはきっと、名前を売るまでのファイタースタイルこそが妥協だったんだ。ビッグマッチのチャンスをいち早く手に入れるため、商業主義にアジャストさせてたってことさ。

とんでもない才能だ。アマチュアの経験もなく、本来とはちがうスタイルで世界チャンピオンになるんだぜ？　いくらクイーンズのストリートが命がけのレッスン場だったとしても、およそ七メートル四方のリングの上はもっと厳密な場所だ。ノリと度胸で切り抜けられるもんじゃない。才能といっちまえば簡単だが、原石のまま埋もれてく天才だってこの世界にはごろごろしてる。

じゃあダニエル・ジャービスを磨いたのは誰だ？　鍛えたのは？　答えはいたってシンプルだ。彼以上の才能に恵まれた正真正銘のジーニアス。そう、弟のレニー・ジャービスだよ。

世界を獲《と》ったダニーがまっ先にしたことはクイーンズからの脱出だった。カリフォルニアに家を買って家族を呼び寄せ、そしてレニーにボクシングを学ばせた。最高の環境、最高のトレーナー、最高のスタッフ。拳で稼いだマネーを、ダニーは惜しみなく投資した。なぜならションベンを垂らしてた子どものころから日陰の駐車場で毎日殴りっこゲームに興じていた五つ下の弟の才能を、誰よりも肌で知っていたからさ。ふだん無口なダニーだが、弟に関しては熱く語ったことがある。「レニーとは何百と対戦してきたが、自分が勝てたことは一度もない。マス（寸止め）じゃなかったら平均一分でノックアウトされてただろう。この先、自分の対戦相手にレニー・ジャービスの名を見つけたら、おれは迷わず階級を変えるよ」事実ダニーはトリプルKを葬ったあと、スーパーフェザーからライト級への転向を表明している。

当時のレニーは十七歳。まだプロデビューできる歳じゃなく、アマチュアで経験を重ねている最中だった。とはいえ、レニーの才能からするとだいぶ見劣りする成績だ。ダニーにはない弱点が彼にはあった。メンタルにムラがありすぎるという弱点だ。倒す倒されるより、当てる当てられないを競うアマチュアの傾向はレニーにとってぬるま湯の半身浴だったんだろう。何度か重要な試合で反則負けを犯して、オリンピックの選考からも漏れている。

ダニーはかまわず金を出しつづけた。しょせんアマチュアはアマチュア。自分よりセンの細いレニーが本領を発揮するのは8オンスのグローブだと彼は信じていた。スピードと変幻自在なリズム、多彩なジャブ、正確無比なカウンターを最大限に活かすのに10オンスとヘッドギアは不自由すぎた。

むしろ兄が心配したのは、もうひとつの弱点だった。レニーの素行の悪さだよ。飲酒はもちろん、レニーには昔からドラッグ常習の疑いがあったんだ。

それはともかく、ダニー自身は順風満帆を絵に描いたような黄金期をむかえていた。ライト級へ転向し、減量も楽になり、ますますボクサースタイルに磨きがかかった。アマエリートにして白人界期待の星、アンソニー・《パトリオット》・ミッチェルをボディ一発で悶絶《もんぜつ》させ、オスカル・《キラー》・エンリケを戦意喪失で涙目に。同階級WBO世界チャンピオンを6Rかけてスクラップにし、弱冠二十二歳で二階級制覇を成し遂げる。私生活ではトレーナーの親戚《しんせき》だったヴェロニカと結婚。クイーンズ出身とは思えない品行方正さと獰猛《どうもう》なリング上のギャップはファンたちに大いにウケた。唯一の欠点は口下手でマスコミ嫌いだったことだが、無敗のK

O記録がつづいているかぎりはそれもご愛敬《あいきょう》で許される。『リングマガジン』のパウンド・フォー・パウンド（PFP）で三位に選出され、各誌の年間ランキングでも上位を占めた。

危なげない処刑のなかには例外もある。オスカル・《キラー》・エンリケ戦、試合前から汚いトラッシュトークを仕掛けてくるスペイン人を黙殺していたダニーだが、しびれを切らしたオスカルが「試合が終わったら《ハングマン》の面はあいつの嫁さんぐらい不細工になってるだろう」とSNSで発信し激怒。1Rから昔のファイタースタイルで攻め込んで早々にサンドバッグ状態にした。観客はひさしぶりの猛牛ぶりに喝采《かっさい》を送ったが、よけいなリスクを負いすぎだという酷評もなくはなかった。じっさいオスカルの強打が何度もきわどくダニーの顔面をかすめていたし、途中で頭がぶつかって出血もしたからな。レフェリーは事故と判断したが、追いつめられたオスカルが故意に当てにいったのはマントヒヒにだってわかっただろう。意に介さず処刑を遂行したダニーは記者からバッティングの裁定に不満はないかと訊《き》かれて冷静に答えている。「リング上の出来事はすべてレフェリーの義務と良心にゆだねられている。文句をいうのは恥知らずの行いだ。わたしはわたしのすべきことをし、そして勝った」なんにせよ、ダニーの家族を侮辱する馬鹿は当分現れないだろうとみんなが思った。

そんな《ハングマン》の次なる標的は中量級に長く君臨する絶対王者、フェザーから数えて三階級制覇の《皇帝》、スタニスワフ・アルテミエフ。奇《く》しくもダニーが名を売ったデビュー五戦目のメインイベントでWBCライト級のベルトを巻き、翌年にはWBAのチャンプを倒して統一王者となった無敗のツァーリだ。

チャンピオン同士のビッグマッチには様々な思惑が絡み合う。高額なファイトマネーの捻出《ねんしゅつ》、興行権に放映権、リングのサイズまで、ほんとうに様々な駆け引きが存在している。ファンが熱望したってそれぞれの陣営がウンといわなけりゃはじまらない。プロモーター同士の仲違《なかたが》いが原因で実現しなかったドリームマッチなんか腐るほどあるのさ。

《ハングマン》と《皇帝》の統一戦は、幻に終わったドリームマッチに比べるとかなり現実味があった。キャリア的に上位に立つスタニスワフ側が前向きだと伝えられていたからだ。スタニスワフぐらいになると、金がどうこうとおなじぐらい後世に名を残すことに欲が向く。年齢的にもピークだし、ここらでヤングヒーローと歴史的な一戦を交えるのも悪くない。水面下で交渉がはじまった年末、着実に条件を詰めていった年明け、ところがここで、誰も予想しないことが起こった。

そう、コロナだよ。

ＣＯＶＩＤ‐19——いまさら説明しなくていいよな？　致死性の高いこの感染症に確実な治療法はなく、文字どおり爆発的に広まった。《サンディ》なんかじゃ足元にもおよばない、まさに世界をぶっ壊すハリケーン。各国が大規模な集会を禁止し、都市封鎖を真剣に検討していた。コンサート、映画館、ダンスホール。当然ボクシング界にも影響は出る。開催自粛によって多くのイベントやビッグマッチが流れ、パンデミック以降、ようやく世界戦が行われたのが六月。ラスベガスの興行も再開したが当初は無観客イベントにせざるを得ず、期待のPPV配信も満足な数字を出すのに苦戦していた。

ダニーも無関係ではいられなかった。決まりかけていたスタニスワフ戦は流れ、いったん流れちまったらこういうのはなかなか元通りとはならないもんだ。それでもダニーはあきらめなかった。スタニスワフを仕留めてスーパーライトに階級を上げる。それは自身のためというよりも、いずれやってくる弟のために席を空けておく意味合いのほうが強かった。

年が明けた二月、ダニーはIBFチャンピオンとの統一戦に漕《こ》ぎつける。まるで見せつけるようにこれを4Rノックアウトでクリアし、主要四団体の世界ベルトが《ハングマン》と《皇帝》に二本ずつおさまった。ビッグマッチが成立すれば勝者は同時に四本のベルトを保持する最強王者――《アンディスピューテッド・チャンピオン》の称号を手にできる。どうだ、ツァーリ？　こっちはいつでも準備万全だぜ、カモン！

同年六月、指名試合をこちらも4Rで危なげなく勝ちきったスタニスワフはリング上のインタビューでこう宣言した。「みなさんが伝説の目撃者になるまで、そう長くは待たせないでしょう」

ふたたび水面下の交渉がはじまる。ボクシング誌からゴシップ紙まで、あることないことを書き立てる。幸いだったのは《ハングマン》も《皇帝》も下品なトラッシュトークを嫌う紳士だったことだろう。彼らはストイックな求道者だった。実力も実績も人格的にも、真に尊敬に値するチャンピオンさ。

ようやく会場に観客を入れられるようになったころ、ついに試合が決まる。翌年の五月だと発表される。《ハングマン》がコメントを出す。「尊敬するチャンピオンがチャンスをくれた。ありがたく頂戴《ちょうだい》しよう」。《皇帝》が返す。「若い才能はいつだって輝いている。羨《うらや》ましいよ。きっと彼は初めての挫折《ざせつ》すら財産にしてくれるだろうから」

青い炎がチリチリとふたりのあいだで熱を上げていった。コロナウィルスにだって止められない。ボクサーの闘争本能にかぎってはな。

笑い話さ。こんなにも歴史に翻弄《ほんろう》されたカードをおれは知らない。

二月二十四日、ロシア軍がウクライナ東部へ侵攻を開始。戦争がはじまったんだ。

四月、スタニスワフはすべてのスケジュールをキャンセルし、従軍の意思を表明した。ベルトの剝奪《はくだつ》も莫大《ばくだい》な違約金もすべて受けいれ、祖国のために働くのだと。こうして伝説は泡沫《うたかた》の夢に消えた。

けっきょく、おれたちは支配されてるんだよ。興行はプロモーターと巨大資本に、日常生活はCOVIDに。評判はマスコミとSNSに。政治体制はお偉い権力者どもにって具合にな。自由なのはリングの上だけってことさ。

え？　リングにも不自由はあるだろって？　そりゃそうだ。スポーツだからな。ルールもあれば制約もある。

なあ、ところであんた、誰なんだ？


……わかってる。レニーの話をさせたいんだろ？　オーケー。おれが知ってるだけ話してやるよ。

レニー・ジャービスはコロナ禍の年にデビューした。アマチュアの戦績は人並みだったが、業界人はその無限の才能にとっくに瞠目《どうもく》していたし、《ハングマン》の弟ってことで大衆の注目度も高かった。無観客のスーパーフェザー級ノンタイトルマッチはネットで無料放送され、全米のボクシングファンが噂の大器に熱い視線を送った。相手は世界戦の経験もある中堅のフィリピン人。けっして噛ませ犬じゃない。けれどレニーにとってはチワワとじゃれ合うのと変わらなかった。

1Rはおとなしい立ち上がり。フィリピン人特有の身体能力で積極的に拳をふってくる相手に対し、レニーは徹頭徹尾ディフェンシブに構えた。《ハングマン》のデビューを憶《おぼ》えていた観客はさぞかしがっかりしたことだろう。なんだ、この程度か。たしかに一発とて有効打は食らっていないが、こんな試合はファイトじゃない。逃げ回ってこつこつポイントを稼ぐボクシングなんてジャービスの名に求めていない。

もちろん間違った認識だ。レニーがしていたのは観察と分析だった。三分間で、ジーニアスはフィリピン人のすべてを見切った。2R中盤、レニーの反撃がはじまる。ラッシュじゃない。相手のジャブに、フックに、ステップインに、一発一発、ほぼ全弾、有効なカウンターを返しだしたんだ。相手が拳を突き出すごとに一発、一発。想像できるか？　プロのリングで、まるでダンスレッスンのように拳をよけ、拳を当てる。一方的にな。パンチ力はさほどじゃなかった。刺すパンチでなく当てるパンチだ。だからフィリピン人は耐えられた。2R終了時点で顔面は火山岩みたいに腫《は》れあがっていたけどな。

すごいテクニックとセンス。だが、まだ、ダニーほどの怖さはない。多くの者はレニーに及第点を与えつつそう思っていただろう。

3R開始早々、レニーが初めて直線的に距離をつめる。フィリピン人はここがチャンスとばかりに応戦した。必殺の右ストレート。そこに合わせたレニーの完璧なクロスカウンターは相手の顎を打ち抜き、フィリピン人は仰《あお》向《む》けに倒れた。レフェリーはすぐに試合を終了させ、担架を持ってくるよう指示をした。あまりに鮮やかで、衝撃的な幕切れだった。2R目すら観察と分析だったんだよ。いつでもレニーはKOできたのさ。レーザービームカウンターでな。試合後のインタビューで彼はこうふり返っている。「対戦相手にはサンキューといいたいね。コロナで試合勘がなまってて、ちょうどいい練習になったよ」

三ヵ月後の二試合目も展開はおなじだった。1Rはほとんど手を出さず、2Rにこつこつカウンターを当て、3Rで仕留める。観客もレニーのスタイルを理解しはじめ、そして思った。こいつは、ヤバいぞ。

年末の三試合目、タイトル経験もあるカナダ人はピーカブースタイルで強固なブロッキングを築き、不用意な攻撃を封印してきた。大きな体格で身体ごと押し込んで体力を奪い、機を見てインファイトにもち込むって戦略だ。1Rは双方とも様子見。2Rもまったくおなじ。インターバルのコーナーで、相手の消極策に苛《いら》ついたレニーは放送できない単語を連発していた。メンタルの不安定さを知る者は「まずい」と不安を抱いたはずだ。3R、亀になるカナダ人にレニーが襲いかかる。アマチュア時代、こういう相手に対して何度も反則負けを喫している悪い癖が出るんじゃないかとセコンド陣がヒヤヒヤしたのは十秒間だけだった。相手を射程におさめてからのレニー劇場は圧巻だった。わずかなブロックの隙間に拳をすべり込ませる。すべり込ませる。すべり込ませる。ブロックが崩れたところに、またすべり込ませる。驚くべきはフェイントや捨てパンチが一発もなかったことだ。ブロッキングすらろくに許さなかった。細かいパンチで体勢を崩したところにライトニングストレート。ロープに吹き飛ばしてからも乱打はせず、一発一発、確実に急所を突く攻撃が作業のように繰り返されて、カナダ人は逃げるようにダウンした。立ち上がり、ボックスしたあともおなじだ。一発一発、レーザービームが飛んでくる。これ以上は危険だと判断したレフェリーが試合を止めるためにふたりのあいだに身体を割り込ませ、ほぼおなじタイミングでレニーはカナダ人にとどめの一撃をお見舞いした。アマチュアなら反則負けでもおかしくないアフター気味のフィニッシュだったが、ここは人体のクラッシュが賞賛される熱狂のステージだ。コミッショナーから注意があっただけで勝利を奪われることはなく、大衆は拍手でレニーの殺傷力をもてはやした。与えられたニックネームは《ショットガン》。

この上ないスタートだった。本人の実力に加え、陰に陽にダニーのサポートがあったのはいうまでもない。

そう。レニーはこの偉大な兄の忠告に、もっと敬意を払うべきだった。耳を傾けなくちゃいけなかったんだ。

客観的にいって、ボクシングじゃなく、私生活の忠告を。

ボクシングに対するレニーの態度は真摯《しんし》だった。ハードトレーニングを厭《いと》わず、かったるい減量を律義にこなした。ダニーと同様、才に溺《おぼ》れる様子は少しもなかった。兄とちがってビッグマウスではあったがな。

メンタルのむらっけも、それはそれで魅力だった。プロのリングと水が合ったってことだろう。国内タイトルはもちろん、いずれ近いうちに兄弟で世界チャンピオンのベルトを巻くことになると誰もが確信していた。

一方で、コロナの影響は天才だろうが凡人だろうが分け隔てない。試合ができない。成功の階段を上りだしたプロボクサーにとってこれほど歯痒《はがゆ》いことはない。そしてレニーは踏み外す。

スポットライトの代わりに薄汚れた街灯の下で、リングじゃなくストリートでファイトしちまったんだ。

女連れの四人組さ。アメフトでもやっていそうな男たちに、酔っ払ってたレニーから吹っかけた。正確な台詞《せりふ》はわかっていないが、何か卑猥《ひわい》なジョークをぶつけたらしい。激昂《げきこう》して襲いかかってくる男ふたりをレニーはしこたま殴った。止めに入った女も殴った。不運にも、その様子は防犯カメラにばっちり録画されていた。警察沙汰《ざた》になり、安くない和解金で不起訴になったが、レニーは謹慎をくらう。そこまでなら十代の天才にありがちな傲慢《ごうまん》で済んだかもしれない。べつに大学教授でも政治家でもないんだしな。

ところが相手が悪かった。女のほうの親族が、カリフォルニアを仕切ってるマフィアの幹部だったんだ。あいだにプロモーターが入り、なんとか穏便に事をおさめようとした。当然ここでも安くない金が支払われ、マフィアの幹部は半分折れた。

金で実利を満たしたら、あとはメンツの問題だ。幹部がレニーに出した条件は、次の復帰戦、3Rまでいっさい有効な攻撃を禁ずるというものだった。

八百長をしろなんて話に比べたら優しい条件ともいえる。幹部のほうもレニーやそのバックにいるプロモーター、さらにそのバックにいる勢力、あるいは偉大なチャンピオンである《ハングマン》に気を遣った妥協案のつもりだったんだろう。レニーの実力からしたら序盤で防御に徹するぐらいはハンデにならない。3Rノックアウトの連続記録は途絶えちまうが、高い授業料だと割り切れば簡単な仕事。最終的にレニーサイドはこの密約を受けいれ、そして謹慎を終えた冬、国内タイトルの挑戦権をかけた試合が決まった。対戦相手は二十五歳のアメリカ人、トマス・ロックウェル。強引な突破と一撃の重みを売りにした実力者だが、レニーにとってはバンビと闘牛をするようなもの。勝敗よりも、苛ついたレニーが約束を破って序盤にパンチを出しやしないかが心配だ。そんなセコンド陣をよそに、本人はリラックスしてゴングを待った。

結果からいうと、3R終了間際、トマスの反則負けで試合は終わる。ついでにレニーの選手生命も終わった。

1Rからトマスは果敢に前へ出た。身体をふりながらの突進をレニーがひらりとかわす。大ぶりのパンチはかすりもしない。観客からすればいつもの光景だ。観察と分析。やがてくるノックアウトシーンのための布石。

2Rで専門家たちは異変に気づく。いくらなんでも手を出さなすぎじゃないか？　トマスの突進はたしかに脅威だが、レニーなら叩ける隙はいくらでもある。3Rノックアウトにこだわっているのだろうか？　だとしたらちょっと調子に乗りすぎかもな——。とはいえこの時点でも、悲惨な結末を想像していた人間はゼロだろう。

3R目。おかしい。ぜんぜん攻撃をしないじゃないか。初めてみなが首を傾げた。何かトラブルが発生している？　拳か、あるいは体調不良か。

おかまいなしでトマスは襲いかかる。レニーはかわす。けれどまったく攻撃をせずに逃げきれるほどトマスのレベルも低くない。やがてロープを背負わされ、ついにコーナーに追いつめられた。乱打、乱打、乱打。けれどレニーは捕まらない。宙に浮かぶティッシュペーパーみたいに殴っても殴っても拳は虚《むな》しく空を切る。それでもチャンスにはちがいない。トマスはありったけの体力を投じてパンチを浴びせる。そのいくつかをレニーはかわしきれずにブロッキングしはじめる。このときレニーがどう思っていたのかはわからない。余裕で遊んでいたのか、トマスの圧力に押し込まれていたのかは永遠の謎だ。

残り十秒の合図が鳴る。ふたりはレッドコーナーにいる。ポストに背中をあずけた《ショットガン》・レニーに猛攻を仕掛けるトマス。ここでトマスのボディブローが下腹部に決まる。金的を打つローブロー。苦悶の表情を浮かべて前のめりになるレニー。そのこめかみをトマスの左フックが捉《とら》える。膝をつくレニー。その後頭部を渾身の打ち下ろしでマットにめり込ませるトマス。レフェリーが割り込んで試合を止める。両手を天へ突き上げるトマスの足もとでレニーはピクリとも動かない。

明白なダウン後の加撃によって、トマスは反則負けとなった。勝利と引き換えに、レニーは脳みその機能不全を手渡された。現代の医学では払いきれない負債をな。こうして《ショットガン》・レニーの物語は終わりを告げたのさ。

なんだって？　ローブローは許されたのかって？　――そりゃあ激しい批判もあった。だがそのあとの加撃のほうが悪質なのは間違いない。どのみち、トマスはその試合で引退して実業家に転身してる。いまさら蒸し返したって仕方ないだろ？

え？　ちがう？　トマスのほうじゃない？

おい、あんた、説教でもしたいのか？　おれにいわせりゃこれだってボクシングだ。危険と理不尽を抱え込んだ娯楽なんだよ。

ところで、なあ、ここはいったいどこなんだ？


……ああ、わかってる。レニーのストーリーは終わっても、ダニーの人生はつづく。

弟の再起不能は、ダニーにとって半身をもがれるような苦しみだった。おまけに決まりかけていた《皇帝》との四団体統一戦もなくなって、輝いていたダニーの人生は一転、鈍色《にびいろ》に染まった。それでも《ハングマン》は愚痴も嘆きも口にせず、ただ黙々とトレーニングに励んだ。何を目標にしているのか、周りは誰もわからなかった。あるいは哀しみを忘れるために肉体をいじめ、サンドバッグを叩いていたのかもしれなかった。

新たなチャレンジャーが名乗りをあげたのは夏だ。嚙ませ犬のポジションから次々と強豪を食って《ミラクル》の称号を手にした東洋人、リョーイチ・イサカ。そのファイトヴァリューは《皇帝》の比にならず、業界関係者は全員、ダニーは試合を受けずにスーパーライトへ階級を上げるだろうと予想していた。ところが彼は、この試合を受けた。

《ハングマン》がプロモーターにつけた条件はたったひとつ。

ファイトマネーは幾らでもいい。ただし弟の最後の試合と、まったくおなじ状況にしてほしい。それが自分にできるボクサー《ショットガン》・レニーに対する弔いなんだ。

プロモーターに断る理由はなかった。さりげなくこのウェットな美談をリークして客寄せに利用する始末だ。

おなじ会場におなじ日時、おなじリング、おなじスタッフ。あの試合の観客に優先してチケットを売る徹底ぶりで準備は進んだ。

イサカにしたらアウェイもアウェイ、完全に負け役の扱いだったが、奴はこういう環境から這《は》い上がってきたハングリーマンだ。ようやくたどり着いた世界タイトルマッチに二つ返事でサインした。

イサカは身長一八四センチ。ライト級ではかなり長身の部類に入り、一七二センチのダニーとはリーチで一〇センチ以上の差がある。減量苦はあるものの、足腰の強さとふり抜く気迫でけっしてパンチのない選手じゃない。ジャブを多用するアウトボクシング主体だが、ここぞとギアを上げたときの獰猛さはクレイジーで、強豪たちが足をすくわれてきたその二重人格ぶりは充分警戒に値する。

とはいえ、格のちがいはあきらかだった。正直なところ、ダニーが負ける要素があるとしたらラッキーパンチのたぐいだろうと誰もが思った。もちろんおれもな。

ウクライナ侵攻から十ヵ月後、十二月のヴァージンホテルズ・ラスベガス、ザ・シアター。WBC世界ライト級タイトルマッチの開始時刻は太平洋（西部）時間で午後七時ちょうど。メインイベントとしてはかなり早いが、これはレニーのラストマッチの開始時刻に合わせたためだ。

弟の入場曲を背に、弟のガウンを羽織り、ダニエル・ジャービスが入場する。オーロラヴィジョンに《ショットガン》・レニーの雄姿がダイジェストで放送されるなか、沸き立つ観客の花道を《ハングマン》は筋肉をほぐしながらやってくる。ひと足先にリングで待ちかまえていた挑戦者のイサカは、のちにその印象をジャパニーズプレスに語っている。「ちょっと異様な雰囲気でした。チャンピオンは落ち着いた表情にも見えたんですが、その内側にものすごい殺意を秘めてる感じで。これが世界のトップかと、ぼくも覚悟を決めたんです。リングで対峙《たいじ》して、その濃度はますます濃くなった気がしたんですけど、こっちをぜんぜん見ないんですよね。まさかぼくを恐れてるってことはないだろうし、怒らせた憶えもないし、なんだかやりにくいなと思いました」

あの日とおなじラウンドガールが戦場を飾り、あの日とおなじリングアナがふたりのボクサーをコールする。あの日とおなじ実況、解説、三人のジャッジ……。

あの日とおなじゴングの音色。

試合の展開はいくつか予想されていた。ダニーが瞬殺を狙うパターン、いつもどおりにやるパターン。もっとも有力だったのは、弟の真似をするパターンだった。兄弟のファイトスタイルは厳密には異なっているものの、中間距離で相手の攻撃を見切ってパンチを突き刺し、確実に仕留める点では似ていなくもない。少なくとも1Rを観察と分析に費やすところは共通している。

そのとおりに試合ははじまる。イサカはリーチの長いジャブで主導権を握りにいくがダニーは触れさせもしない。たまにブロッキングとパーリングで弾《はじ》くことはあったが、デンジャラスな場面はひとつたりとも許さない。一方で、こちらから手を出すこともほとんどなかった。あの日の再現だと、専門家も観客も、そしてイサカも察していた。「正直、馬鹿にしやがってと頭にきました。薄々そういう展開もあり得ると思ってましたが、ほんとうにやられるとびっくりですよ。だってレニーの試合をなぞるなら、彼は3Rまでいっさい手を出してこないってことですから」

レニーの最終戦には、さまざまな評価があった。たんなる悲劇としてではなく、レニーの戦い方に対する物議があったんだ。相手をなめすぎだとか、身体にトラブルを抱えていたんじゃないかとか。トマスの実力に恐れをなしていたという評論もあったが、基本的にはレニーの慢心が生んだ自業自得の結果だと断ずる意見が優勢だった。真相はマフィアとの密約だったが、そんなのが外に漏れるはずもないからな。

ダニーは、そのさんざんな評価をひっくり返したいんじゃないか。弟がしたかったファイトプランの優秀性を証明したいんじゃないか。そのためにイサカとの、利益にならないマッチメイクを受けたんだろう。

これが大方の見立てだった。だからダニーが2R目も完全に防戦に徹したところで誰も驚かなかったし、ブーイングどころか喝采が送られるというおかしな状況になった。

え？　ダニーはどうだったんだって？　弟の粗相と密約を知っていたのか？

……もちろん、知ってただろうな。すべてわかったうえで沈黙を貫いたんだ。限定的ではあっても八百長は八百長だ。不名誉にはちがいない。だから《ハングマン》は唇を噛んで、胸に秘めた想いをリング上で表現しようとしたんだよ。

……これは当事者たちしか知らないことだが、じつはレニーの最終戦にはもうひとつ裏があってな。レニーに殴られたマフィアの親族の女――、彼女が密《ひそ》かに動いていたんだ。対戦相手だったトマス・ロックウェルに近づき、片方しか知らないはずだった八百長を教えたうえでこう唆した。「《ショットガン》・レニーを葬ってくれない？」

相手が手を出してこないとわかっている試合ほど楽なものはない。おまけにトマスは強打が売りのファイターだ。トマスは女の誘いにのった。奴が引退後に起こした事業の支度金はこのときの報酬さ。

ダニーの耳にも、その噂は入っていたんだろう。想像でしかないが、間違いないとおれは確信してる。なぜならイサカとの試合自体、レニーを葬った者に対するダニーの復讐《ふくしゅう》だったんだから……。

イサカ？　いやいや、あの東洋人は関係ない。ただそこにいただけ。都合が良かっただけだ。国外に移住したトマスを無理やり引っ張ってくるわけにはいかないし、声をかけたところで試合を受けるはずがないからな。

ダニーのしようとしていたことに、イサカはちょうどいいピースだった。実力差のある対戦相手がどうしても必要だったんだ。同時にそんなマッチメイクだからこそ、「レニーの試合を完全に再現する」というファナティックな提案が説得力をもったといえる。《皇帝》が相手じゃこうはいかなかっただろう。

コロナがこの先どうなるか、誰も想像がつかなかった。ウクライナ侵攻に端を発した第三次世界大戦勃発《ぼっぱつ》を笑い飛ばせない不穏な空気があった。ダニーは急いでいたんだ。レニーの試合がみんなの記憶にあるうちに、関係者が生きているうちに。

３R。レニーが散ったラウンドだ。ダニーはここで決めにくるのか。それとも弟が進めなかった４R目の風景を実現するつもりなのか。恥ずかしながら、仕事を忘れておれも内心緊張してたよ。

ゴングとともにイサカが飛び出す。ダニーが手を出してこないとわかっていたから当然だろう。「確信があったわけじゃないんです。周到な罠かもしれない。ぼくみたいな格下にやる戦術じゃないですが、あのときのダニーはなんでもありって感じでしたから。それでも行くしかなかったんです。行って手を出してきたなら、それはそれで一矢報いたともいえるでしょ？力の差は感じてました。だから、少しでも歯車を狂わせなくちゃと思っていたんです」

ところがダニーも前へ出た。「少し面食らいましたけど、こっちもスイッチ入れちゃってたんで。どうせ殴り合いにしか活路はないんだし、泥仕合上等で応戦したんです」

イサカの長いジャブ、そしてラフな強打にもダニーはまったくビクつかない。完璧なディフェンスだ。だがそれはジャービス兄弟が得意としたスエーやパーリング、ステップワークを駆使した華麗なディフェンスではなく、拳を真正面から受け止める愚直なブロッキングオンリーだった。一分が過ぎても状況は変わらない。身体で押し込んでいこうとするダニー、それを受け止めながらときにアウトボクシングでいなすイサカ。彼はグッドファイターだよ。少なくとも途中まで、《ハングマン》の前進と対等に渡り合っていたんだからな。

二分経過。少しずつふたりの距離が狭まってゆく。ダニーの圧力がイサカの自由を奪いはじめる。それでも《ハングマン》は手を出さない。かまわずイサカは彼のブロックに強打を打ち込む。ダニーは身じろぎもせず、まるで命令がひとつしか与えられていないロボットのように前進をつづけた。

二分三十秒。ついにダニーがイサカを捕まえる。レッドコーナー近くのロープに押し込む。クリンチで逃れようとしてくるのをショルダーで当て返し、目と鼻の距離を保つ。残り十秒。ダニーが初めてパンチを出す。「あっと思った瞬間でした。右のボディブローです。反射的にブロックして、くるぞ！　と頭の中に警報が鳴りました」

ボディの連打。左右のフック。一撃で眠りに落とせるパンチが濁流のようにイサカを襲う。

「すごい迫力でした。でも、怖さはあまりなかったんです。ぜんぶ大ぶりのテレフォンでしたから。とりあえずこのラウンドはしのげると思ってました。勝ち急いでいるなとも感じたんですけど、でも、おかしな話なんですが、そんな状況でもどこか、ダニーはぼくを見ていないような気がしたんです。まるで目の前にいない敵と戦っているような——」


イサカの洞察はなかなか鋭い。おれはそのインタビュー記事を聞かされているあいだ、やっぱりリング上のボクサーには彼らにしかわからない言語や法則があるんだなと感じ入ったよ。それを侵すことは何人にも許されない、掟《おきて》やルールが。

試合の話をつづけよう。おれに話せるのは、残り十秒にも満たない事実だけだがな。

ダニーのラッシュは止まらない。客席からスコールのような歓声が降ってくる。残り五秒。ほとんど身体をくっつけ合った状態から凶暴なボディがじゃんじゃん繰り出される。残り一秒。ダニーに止まる気配はない。一発でもまともに入ればイサカの肋骨《ろっこつ》は粉々になっただろうが、彼は冷静にそれらを捌《さば》ききっていた。ラウンドの終了を告げるゴング。けれどダニーは止まらない。止まらない。まるでその金属音が聞こえなかったかのように止まらない。どんなラフファイトのときもスポーツマンシップを重んじるチャンピオンが狂ったようにパンチを出してる。慌てて、おれは止めに入った。ふたりのあいだに身体をすべり込ませた。そこしかあり得ないっていう隙間にな。

ああ、そこまでさ。おれの記憶はそこで途切れてる。たぶん死ぬまで、新しい記憶が増えることはないんだろう。

わかってる。ショートアッパーだったんだろ？　渾身の、最高のショートアッパーで、おれは首を吊られたようにくずおれたんだろ？　完全に計算されたタイミングと角度で、まるでアクシデントであるかのように。

……金がほしかったんだ。たった一試合、たったいちラウンド、トマスの反則を見逃すだけでよかった。あいつの下手くそなローブローを見逃して、試合のストップをワンテンポ遅らせる。とどめを刺す時間をつくる。それだけで、娘に車を買ってやれたんだ。

ダニーは偉大なチャンピオンさ。そしてボクシングの求道者だ。彼は宗教をもっていなかったというが、たぶんボクシングがそうだったんだろう。なぜならそこにはドリームとフリーダムがあったから。およそ七メートル四方の自由。だから彼は許さなかった。八百長を仕組んだマフィアの幹部も、その親戚の女も、トマスですら、ダニーにとっては許容範囲内だった。レニーが自分で蒔いた種、そしてレニーなら乗り越えられた試練。だがレフェリーは、ボクサー以外にたったひとり聖域に立つことを許された神の代理人は、彼が不正を働くことだけは、ダニーにとって許し難いことだったんだ。

……ああ、知ってるさ。おれのとなりのベッドにレニーが寝てることぐらい。イサカのインタビューはぜんぶダニーから教えてもらった。あいつは病室にきて、ボクシング記事を寝たきりの弟に読み聞かせるのが日課だからな。

ここはおれの頭の中で、あんたはおれだ。


なあ、ここは退屈なんだ。またきてくれよ。そしたら今度は、ダニエル・《ハングマン》・ジャービスが最初《ハリケーン》と呼ばれてた逸話について話してやるから。

Vに捧げる行進

1

アメーバのような、蜘蛛《くも》の巣のような、皮膚の下を走る血管のような。どれもしっくりこなくて首をかしげる。モルオが人通りの絶えたアーケード商店街を自転車で警邏《けいら》するとき、そんな物思いに囚《とら》われるようになったのはここ半年くらいの話だ。四月のどこか。つまり猛威をふるう新型コロナウイルスが、巷《ちまた》のトレンドワードを席巻《せっけん》し尽くしたあとである。

管区のアーケード商店街は細く長くうねっていて、いくつも枝道がのび、それがまたべつの商店街に合流するといった具合だったから、アメーバでも蜘蛛の巣でも血管でも的を射ていなくはないのだが、アメーバにせよ蜘蛛の巣にせよ血管にせよ、何かしら生命をイメージさせるところがあって、するとこの時刻、くすんだ蛍光灯に静まりかえったこの通りのたとえとしてふさわしいのか、捨てきれない引っかかりを覚えるのだった。

「困るのよ」

組んだ腕の右手で頬杖《ほおづえ》をつき、パーマの女性が吐息をもらした。そのとなりに立って、はあ、とモルオは返した。マスクのせいで気の抜けた返事はもやっと消えた。交番を出たときよりも空が明るさを増しているのはアーケードの下に立ってもわかったが、とはいえまだまだ人が行き交うには早かった。細胞は蠢《うごめ》かず、獲物は糸に絡まらず、血液は流れない。

深夜の商店街に呼びだされる用件は騒ぐ酔っ払い、騒ぐ若者たち、あとはせいぜい犬も食わない夫婦喧嘩《げんか》と相場が決まっていた。強盗に狙われるほど裕福な店は稀《まれ》で、事故が起こる交通量でもない。最近はコロナのおかげで騒ぐ連中もめっきり減った。

だからほかの理由で、それも明け方近くに、こうして自転車を漕《こ》ぐのはめずらしかった。ものの三日で二度目となると、ちょっとした珍事といえる。

「あなたこれ、どう思う？」

パーマの女性は自分が経営する美容室のシャッターへ、ため息まじりの視線を送っていた。ならんでいっしょにおなじ物を見ながらモルオは、「困りますよね」と相づちを打った。打ってからズレた返答な気がしたが、取り繕うのもバツが悪くて、そのままシャッターを眺めた。

絵が描かれている。たぶん絵だ。直接スプレーを吹きつけた、絵のような何か。

「ストリートアートっていうんでしょ？　グラフィティだとかペインティングだとか」

「警察的には器物損壊、あるいは建造物損壊罪ですけども」

わたし的にもそうよ、とパーマの女性は黒いサージカルマスク越しに嘆いた。スターな芸術家でもないかぎり、こんなのただの落書きじゃない。

たしかに、とモルオは納得した。たしかに絵より、落書きという言葉がぴったりくる。黄色い、大きな丸が描かれている。コンパスを使ったようにきれいな丸だ。そしてその真円の上に、赤い二本の線が、激烈と呼びたくなるいきおいで焼きついている。線は、おなじ一点から左右に分かれていた。まるでVサインだった。左側の線は円の外へほんの少し、そして右側は大きく突き破るようにはみ出している。何か、そこに猛《たけ》るものが感じられ、だからマークとか記号とかいうよりも絵なのだし、しかし絵というよりも乱暴な、つまり落書きなのだった。

しかし何に、なぜ猛っているのかは、さっぱり見当がつかない。

雀の鳴き声が近づいて遠ざかった。我にかえったモルオは「どうしましょう」と女性に訊《き》いた。被害届、だしますか。

そうねえ、と、女性は頬杖のままシャッターの絵に見入っていた。犯人、捕まるかしら。はい、きっと捕まると思います。これ、洗うだけでもウン万円よ。こんなご時世だから業者も割増だとかいいかねないし。ねえこれ、あなたのほうできれいにしてくれないの？　え、いや、それはちょっと……。

しどろもどろになりつつ、モルオはスマホのカメラで落書きを撮った。横で女性がほんと警察って冷たいわと愚痴った。ただでさえさびれつつあった商店街、そのうえ自粛自粛のご時世で人出は最悪、生きていくぶんの売り上げだってままならない。きっと世界中でおなじような嘆きがつぶやかれているにちがいなかった。

「いっそこれ、消さずにもっと色付けして、お洒落《しゃれ》でカラフルでハッピーな感じにしたら注目を集めたりしないかしら」

「どうでしょう。下りたシャッターを見にくる人は増えるかもしれませんが」

ほんとね、お店を開けられないんじゃなんの足しにもならないわ——何度目になるか知れないため息がマスクの中でくぐもった。そのあいだもふたりは、じっと落書きを眺めつづけた。

最初の被害はパン屋だった。先週の金曜日のやっぱり明け方、商店街の南の端へモルオは呼びだされた。仕込みのために暗いうちから出勤した店主のおじさんはシャッターに描かれた落書きに怒り心頭、それをぶつけるのに若い交番巡査はちょうど手ごろな存在だった。これも仕事と割りきってモルオは罵倒《ばとう》に付き合った。美容室のものと、まったくおなじ落書きだった。黄色の丸に赤いＶ。左の線の突端が少しだけ、右の線は大きく円を突き破っているのもいっしょである。

パン屋の店主は何年か前にも落書き被害に遭ったのだと憤った。そのときは意味不明の四文字造語が、しかも書き損じでぐちゃぐちゃになっていた。犯人は見つからず、自腹の洗浄にはパーマの女性がいったとおり安くないお金がかかった。けしからん。イカれたガキどもの仕業に決まってる。他人の生活や苦労を何も想像できないくそガキだ。だいたい警察も甘い。あのときの担当はひどい怠け者で……そんなお説教に恐縮しながら、モルオと店主はふたりならんでVの落書きを、ずうっと眺めたのだった。

「おかしなものでね、あれを前にすると、なぜか目が離せなくなるんだよ」

〈へえ、まるでラ・トゥールねえ〉

小鳩《こばと》の、その名前にふさわしい軽やかな話しぶりが耳に心地よかった。モルオが通話をスピーカーにしないのは彼女の声を近くで感じたいからだ。

ラ・トゥールは十七世紀ごろの画家だという。卒業旅行でフランスをめぐったおり、たわむれに足を運んだ美術館で『聖誕』という油絵に出会った。心をハンマーでぶん殴られ、しばらく身動きができなかった——。フランス旅行の思い出話は暗記するほど聞かされているが、いつも楽しげに語るからモルオはそれが好きだった。

しかし立派な美術館に飾られた名画とシャッターの落書きをならべるのはさすがに失礼ではなかろうか。

〈芸術ってそういうものじゃない？　評価なんて千差万別、偉い先生が何をいおうと関係ない。野っぱらの石ころだって素敵な題名をつけたら急に感動的に見えたりするし、立派な額縁が逆に白々しいこともある〉

「でもシャッターの落書きは犯罪だからね」

〈それはそのとおり。もし我が家の壁にそんなものが描かれたらハーゲンダッツを三個食べるまで怒りがしずまらないと思う〉

高いのか、安いのか。

〈でも犯人は見つかるんでしょ？〉

町の治安を担う者として「そうだね」とベッドで寝返りを打ちながら、本心では、どうだろうとモルオは疑っていた。

けっきょく美容室のパーマの女性はぶつくさ文句をいいながら被害届を書いた。パン屋の主人もすでにそうしている。建前上、警察は捜査に乗りださねばならないが、とはいえ建前は建前なので刑事が必死に聞き込みをするなんてことはなく、せいぜいモルオたち交番勤務の人間が警邏の回数を増やしたり近所の人になんとなく話を聞いてまわったりする程度だ。

期待があるとしたら商店街に設置された防犯カメラの映像で、事実、これには犯人の姿が映っていた。やってくるところからスプレーを吹きつけ去っていくまでぜんぶ。

が、役に立つかといえば微妙だった。犯人は南から現れ北のほうへ去っている。ちょうどカメラの向きのとおりに。つまり後ろ姿しか捉《とら》えられていないのだ。黒ずくめの上下、身長は低め。ダボっとしたパーカのせいで体型はわかりづらい。落書きのとき、ほんの少し横顔と口もとがちらりと見えるが、フードをかぶっているため男か女かも怪しい。自信をもっていえるのはお年寄りじゃないことくらいである。

むしろ印象に残ったのは、少しの躊躇《ちゅうちょ》も感じられないその描きっぷりのほうだった。

〈うーん、謎の落書きかあ。そそられるなあ。モルくん写真くれないし、わたし見に行こうか

な、洗われちゃう前に〉

「変なやる気ださないでよ。こっちはいまアレなんだしさ」

まあねえ、と緊迫感のない応答である。

〈スペシウムコロナって、おもしろいネーミングだと思うけどね〉

十月の末から今月の頭にかけて、モルオの住む町では新型コロナの集団感染が連続で発生していた。町は電車の高架線路を挟んで商店街のある東側と、商業ビルが建つ西側のエリアにざっくりと分かれていて、初め、ビル街の会社で集団感染が確認された。次に商店街側の小学校と老人ホームでつづけざまに大量の陽性者がでた。合計で百人とも二百人ともいわれている。そうこうしているうちに全国でも第三波と称される感染増が報じられ、まるで寒波が運んできたように噂が出まわりだした。町の集団感染で隔離や入院になった者たちが戻ってこない――。もしかするとみんなばたばた死んでいるんじゃないか。それを行政は隠している。なぜならこの町に蔓延《まんえん》するウイルスはこれまでにない殺傷能力をもつ進化形、スペシウムコロナなのだから。

笑い話にもならない噂は中学校あたりが発信源といわれている。ＳＮＳで広まり、いつしかみんなが冗談半分にスペシウムコロナの名を口にしはじめた。たぶん不安をやわらげる意味もあったのだろう。冗談でも飛ばさなきゃやってられない。そんな思いはモルオだってもっている。

「じっさいは集団感染の、ほとんどの人が無事に退院しているらしいけど」

〈そりゃあそうでしょう。ほんとにウイルスがスペシウムな進化を遂げているならもっと大々的に報じてもらわなきゃ困るし、あなたがのうのうと働けている時点でだいたいそれなりの事態ってことはあきらかだもの〉

たしかにのうのうと働けるのは大切だった。それは小鳩にもいえた。彼女はモルオが寝転ぶ独身寮から三駅離れた町で暮らす歯科衛生士だ。郊外の住宅地をコピペしたような地域で、感染者は少ない。それゆえか、いったん感染したとわかるや厳しい目が向けられるのだとか。

医者や看護師ほどではないにせよ、センシティブな職業である。彼女はモルオと会う回数をどんどん減らし、町の集団感染が起こってからは電話オンリーになっている。周囲の目もあるのだと小鳩はいう。第一波のとき東京へ遊びに行った友人がいた。ジムのインストラクターで、噂になって客からクレームが頻出した。その彼女は出勤停止になり、そのまま長期休職にさせられた。べつに陽性が確認されたわけでもないのに。

〈気の毒すぎて頭にくる。仮に陽性だったとしても、ウイルスなんて目に見えないものにどこでどう侵入されたかなんて、けっきょくは運じゃない？　なのに犯罪者みたいに扱われてさ。無事に回復したって白い目を向けられる。その人の家族とかもまとめてね。モルくんも油断したら血祭りにされるよ。無症状スペシウムコロナ保菌者は出ていけって〉

なんとも恐ろしい想像だ。いや、現実か。

〈ま、わたしとしては成るように成れの精神で温泉めぐりに出かけたいとこだけど〉

「いいね。湯河原《ゆがわら》で一泊してから箱根《はこね》におかわりして」

細胞レベルでのぼせたら滅菌効果があるんじゃない？　たとえ相手がスペシウムでも……。

他愛ない会話をしながら、しばらく会っていない小鳩の顔を思い描き、モルオはちょっと切なくなった。

2

その男はスーパーの便所を出たところで店員に咎《とが》められ、もみ合いになったさい拳《こぶし》で相手を殴ってしまった。出向いたモルオは鼻血の痕《あと》がエプロンに残る店員から事情を聞いた。男は常連で、このところ連続で物品の持ちだしをはたらいていた。彼が腹に抱えていたのは備品のトイレットペーパーふたロールだ。

「殴ったんじゃねえ、ぶつかったんだ。過失でもねえ、事故なんだ」

過失なんて言葉、よく知ってるなと、モルオの先輩にあたる副島《そえじま》がいった。男は交番のパイプ椅子にふんぞりかえってうそぶいた。馬鹿にすんじゃねえ、おれは司法試験だって受けたことがあるんだぞ。

こういってはなんだが、見るからにうらぶれた恰好《かっこう》だった。よれよれのズボン、引っかき傷から繊維が飛びだしている薄いジャンパー。髪は薄く、目には黄疸《おうだん》が見てとれる。

　何世紀前の話だい、と副島がからかうように訊いた。うるせいやい、と男が唾《つば》を飛ばした。四十過ぎの副島より、ふた回りは上だろう。モルオは郷里の父を思い出した。すっかり猫背が板につき、痛風に悩まされている彼とはしばらく連絡を取っていない。

「名前を教えてくれよ、おとっつぁん」

「やかましいんだ、おめえらは。ふざけんじゃねえよ、人権侵害だよ、こんなのは」

「じゃあお近づきのしるしに名乗り合うってのはどうかな。おれは副島ってんだけど」

「勝手に話を進めんじゃねえ！　いいか、だいたいてめえ、そんなふうに顔隠して自己紹介たあ失礼にもほどがあらあ。おれと話がしてえなら、まずその汚《きた》ねえ面をだしやがれってんだ」

　当然、副島もモルオもマスクをしている。

「警察もうるさくいわれてんだよ。おれたちだけじゃなく、ほんとはあんたにもマスクをつけてほしいんだが」

「ねえよそんなもん、バカヤロウ」

「だからほら、こっちで用意してんだよ」

　副島の目配せを受け、横からモルオが未使用の白い使い捨てマスクを差しだした。

「おうおうおう。それをおれに無理やりつけようって魂胆か。やれるもんならやってみやがれ。おれはぜったいつけないぞ。ちくしょう、徹底抗戦してやるからな」

何がちくしょうなのかわからない。あきらかに酒が入っている。店側はきつく注意してくれたらそれでいいという態度だったが、名前と住所くらいは聞きださないわけにもいかない。ついには政権批判におよぶ男の興奮を副島が呆《あき》れ半分になだめすかし、その傍らでモルオは、日誌にこの茶番をどう記せばいいか頭を悩ます。

夜、パトカーで警邏に出た。自転車は副島が嫌がる。落書きのときもそうだった。現場が車で行きにくい商店街だと知って、おまえひとりで大丈夫だろ、といわれてしまった。おれは季節の変わり目はいつも偏頭痛がひどいんだ。いかにも適当な口実だったが文句は控えた。警察における先輩後輩の序列は絶対なのだ。

パトカーを西側のビル街へ走らせる。午後九時を過ぎればオフィスに灯《あか》りは見当たらなくなる。道沿いに軒を連ねる飲食店の営業はだいたい終電までで、最近は時間帯に関係なく全体的にくすんでいる。ファミレスが十時に閉まるようになったのは先々月か。夜を明かせる店はもともと数えるほどしかなかったが、それも集団感染で淘汰《とうた》された。スペシウムコロナの噂が広まって以降、アルコール消毒だと笑ってジョッキをかたむける不埒《ふらち》は許されなくなった。

警邏で町をめぐると、どうしても暗い世相の話題になる。いち警官として、医療にも科学にも経済にも貢献することはできないが、町の不況を憂うのは仕事の一環ともいえた。

「木下《きのした》んとこの焼き鳥屋が休業してから、バス停が急に暗くなったよなあ」

「次の時短要請があったら佐々岡《ささおか》さんも休むといってました」

「ほんとか？　ま、このご時世にシガーバーじゃな」

ただでさえ喫煙禁止の風潮は強く、煙草を吸わせる居酒屋を取り締まってくれという通報、クレームは増えている。自分では煙草も葉巻もやらず、むしろ毛嫌いしているモルオだが、それでも何か、息苦しさを感じないでもない。

「常連さんも顔を見せなくなって打つ手なしだそうで」

「遠藤《えんどう》のばあさんも？　盆栽と、週に一度の葉巻が生き甲斐《がい》のはずだけどな」

前に家を訪ね、挨拶《あいさつ》を交わしたことがある。愛想のいい笑顔とおなじくらい、ささやかな庭の壁ぎわに置かれた小ぶりな盆栽たちが印象に残っている。

「高齢者は、とくに気をつけなきゃっていいますからね」

「まあ、あのばあさん簡単に死ねないんだよ。ごくつぶしの孫を年金で食わしてっから」

「お孫さん、おれは顔も見たことないです。ずっと引きこもりって話ですよね」

「昔は近所から冷たい目で見られてたんだが、いまやリア充のほうが嫌われる世の中になっちまったなあ」

新しく槍玉《やりだま》にあがりはじめたのはパーティやアウトドアだけじゃない。マスクをつけずに歩いている者を見かけたという通報が今日だけでも三件。以前と変わらずスキンシップを求めてくる夫をどうにかしてくれという相談、駅の改札で体温検査をしないのは業務上の怠慢ではなかろうかというご注進。

「気持ちはわかりますけど、法律がなくちゃどうしようもないですもんね、おれたち」

「まったくだ。警察に文句垂れる暇があるなら新聞かテレビに電話しろって話だぜ。まだしも国が動く確率が上がるんだからよ」

「けど、ほんとにマスク不着用が罰金とかになって、世の中は納得するんでしょうか」

さあなあ、と副島は頭の後ろで手を組んだ。「まあでも、ちょっとはわかりやすくなるんじゃねえか？　おれが思うに、コロナのあれこれで苛《いら》つくのはよ、何もかもぜんぶはっきりしねえからなんだ。いつまで我慢すりゃいいのか、致死率はどんくらいか、正味の話、どの程度びびるべきなのか。対策も、あっちを立てたらこっちが立たずみたいなのばっかだろ？　ああすりゃいいとかこうすりゃいいとか、経済と人命を比べてどっちを優先すんだとか、そんなの素人に決めきれるわけがねえ。かといって専門家の意見もまちまちだから始末に負えねえ。どうせみんな死ぬんなら簡単だが、じっさいは死んだり死ななかったりするわけだろ？　うつったりうつらなかったり、症状が出たり出なかったり」

モルオはカーブに沿ってハンドルを切る。開いた窓から冷たい風が吹き込んでくる。サイドウインドウの奥に、高くそびえる白い塔が目に入る。ここからもっと北、商店街を抜けた先の駅の近くに市庁舎とならび立つ時計塔だ。いま市長は、そこに感染危険度の赤信号をイルミネーションで灯《とも》すという、どこかの自治体とそっくりなアイディアを議会にかけているらしい。

「そのうち飲酒検問みたいにＰＣＲ検査をするようになるんじゃねえか」

「息を吐いてくださいって？」

「すぐに識別できるようになってよ、陽性が出たらこちらへどうぞって」

「病院へ直行ですか」

「強制収容所さ」

「三食付きで、手当てもしてもらえるなら悪くないかもですね」

「おい、何笑ってんだおまえ。そんな生やさしいもんなわけねえだろ」

「え？　本気の収容所ですか」

「当たり前だボケ。こんなふうにみんなで自粛しようって呼びかけ合ってるさなかによ、感染なんてあり得ねえんだ。どうせろくにマスクもつけてないに決まってる。そんな奴、他人の命を軽んじてるくそ野郎以外の何者でもないんだよ」

モルオは黙った。フロントガラスの向こうの信号機へ目をやった。びゅんびゅんと、全開にした窓から風が吹いてくる。パトカーの警邏中は窓を開ける。マスクもつける。それは警察というより副島の方針だ。

「昼間の酔っ払い」副島がうめく。「危うくぶっ殺すとこだったぜ」

冗談の気配はない。腰のホルスターには回転式拳銃《けんじゅう》が差さっている。通り抜けるまぎわ、上空の信号機が青から黄色へ。

午前三時、交番で事務処理をしていると無線に呼ばれた。副島は二階の宿直室でいびきをかいていた。どうしようかと逡巡《しゅんじゅん》したが、モルオはひとりで出動することにした。もちろん規則違反だが、副島を起こす手間と自転車に乗りたくない言い訳を聞くのが億劫《おっくう》だった。いちおう声をかけるがむにゃむにゃと反応があるのみだ。枕もとにメモを置き、モルオは交番をあとにした。

ひと気はなかった。高架線路のほうへ漕ぎだす。すっかり暗い。十一月も半ばが近づき、昼はまだ暖かな日もあるが、肌がしびれるほど冷たい夜が増えている。今夜はまだマシだった。休業した焼き鳥屋とバス停のそばを過ぎ、高架をくぐって商店街へ向かう。

青白い蛍光灯に照らされた無人のアーケードを行く。大人がふたり両手を広げればいっぱいになりそうな幅しかない。花屋、総菜屋、鍼灸院《しんきゅういん》……。店名を主張するささやかな看板、のんびりとした店構え。当然だがどこも閉まっている。高い天井に、ペダルの音がキコキコ響く。

モルオが進入したのは商店街のちょうど真ん中くらいのところだった。ここから南に下れば例のパン屋がある。モルオは北へ上がった。ほどなく美容室が見えてきた。閉じたシャッターに、Ｖの落書きが、あのときのまま残っていた。

分かれ道に出くわした。三叉路《さんさろ》の一方は北へ、もう一方は東のほうへ折れる道だ。東へ行くとべつの商店街に合流する。

モルオは北へ進んだ。通報者によると、この先のリサイクルショップの前で怪しい黒ずくめの人影を見たという。立小便のたぐいかもしれないが、モルオの頭によぎったのは例の落書き犯だった。

まもなく問題のリサイクルショップに着くというタイミングで物陰から人影がいきおいよく駆けだしてきて、モルオは思わず自転車のブレーキを絞って体勢を崩しかけた。

「お巡りさん、あっちです！」眼鏡に黒髪の若い男性だった。歳は大学生くらいか。「あっちの公園のほうに」

「えっと、通報された方ですか」

「はい、そうです。あっちへ逃げました、あっち」

白い肌が紅潮し、興奮に目を剝《む》いている。握り締めたスマホから悲鳴が聞こえそうだ。

恰好は？　男です、男で、フードをかぶって、黒いパーカとスウェットのパンツで。顔を見たんですね？　いや、暗くて……でも男でした。ロゴもなんにもない無地のパーカで、バッシュみたいなごつい靴で、カラースプレーを持っていて――。

副島を置いてきたことを後悔した。考えてみれば当たり前だが、通報者が待っているというケースが頭から抜けていた。ここに彼を置き去りにして、もしも戻ってきた不審者に暴行でもされたら始末書では済まなくなる。

「商店街を抜けたところのコンビニで待っていてくれますか？」

苦肉の策に青年は、いいから早く！　逃げられますよ！　と唾を飛ばす。

そこでモルオは気づいた。青年のジャケットとチノパンに、デザインとは思えない真っ青なペンキがこびりついている。

「これはですね」モルオの視線に、青年が素早く唇を動かした。「あいつにかけられたんです。通報したのがばれて、とつぜんばーっと」

その拍子にあいつのバッシュにもペンキがかかったはずです。わかりました、ぜったいコンビニを出ないでください――。モルオは近くに自転車を駐《と》め、一抹の不安を抱えつつ公園のほうへ向かった。通報がばれたのではなく、青年が不審者に声をかけたのだろう。でなければ通話中に異変が聞こえたはずで、それが本部からモルオに伝わっていないはずがない。今度こそ好奇心を殺して立ち読みにでも専念してくれればいいが。

目的の公園は子どもが駆けまわったり遊具があったりというタイプでなく、緑あふれる庭園といった風情の場所だ。商店街から外れ、ハンドライトでアスファルトの地面を照らすと、なるほど、青いペンキの跡が付いていた。平坦《へいたん》な道はすぐに石畳に変わった。背丈の低い街路樹に挟まれた小径《こみち》がつづく。耳を澄ますが風の音すらしない。空に月がかかっている。

そこを抜けた先が公園のメインスペースだった。芝生と花壇の周りを遊歩道があっちへこっちへめぐっている。道のそこここに埋め込まれたライトはまぶしいほどで、逆に足もとが見えにくく、モルオはペンキを確認するのに目を細めねばならなかった。

数歩進んで、モルオはいっそう腰をかがめた。遊歩道のカーブの出口に、青いペンキまみれのバッシュが置いてあったのだ。

「わっ！」

左目に痛みを感じ、とっさに顔をかばった。植え込みの陰から何かを吹きつけられた。噴射物の正体は予測できた。カラースプレーだ。

よせ！　とモルオは叫んだ。右手を前へ突きだして腰を引き、衝撃に備えた。殴られる、蹴《け》られる、組みつかれる。視界が定かでない以上、怒鳴るぐらいしか牽制《けんせい》のしようがなかった。

背中に感触があった。軽く押されるような感触だった。シューっという音。モルオはふり返って手をのばした。空を切った。ライトがあるとはいえさすがに暗く、かろうじて開けた右目だけでは状況の把握すらままならなかった。そこにいたって、モルオは慌てて腰に手を当てた。奪《と》られていない。拳銃のグリップに触れ、心の底から安堵《あんど》した。

「動くな、警察だ！　警察を呼べ！」

犯人を止めるため、何より近くにいるかもしれない誰かに向けて声を張った。目をこすっていた左手で警棒を抜く。強く握る。警棒と拳銃だけは死守しなくては。

「しよすて」

「えっ？」

「まちえでよ」

投げかけられた言葉に、モルオはふいをつかれた気持ちになった。直後、タタタと足音が遠ざかった。しばらく神経を尖《とが》らせたが相手の気配は消え失《う》せていた。力が抜け、膝《ひざ》に手を当てて身体を支えた。ようやく呼吸が、ぜーはーと波を打った。警官になって十年、こんな目に遭うのは初めてだった。

あらためて目もとをぬぐう。手の甲に黄色の塗料が付いた。肌に違和感は残ったが深刻な状態ではなさそうだった。マスクをしていたおかげもあるのか。バッシュを探すが見当たらない。無線で状況を報《しら》せながらあらためて辺りを見わたす。無人の公園を照らす遊歩道のライト。だが夜は暗い。

商店街へ戻って応援を待った。怒られるポイントが多すぎて吐きそうだった。冬のボーナス。いや、その程度で済めば御の字か。リサイクルショップの前で青いペンキが水たまりをつくっていた。モルオはシャッターのほうへ目をやった。中央にでかでかと見慣れた落書き。黄色い円に、赤くたぎったV。だが今回は、それで終わっていなかった。

手だ。無数の、青と緑色の不気味な手が、四方八方からVの円へのびている。さまざまな形をした手の指たちは、どれも円まで一定の距離を余していて、それがVの円を囲うもうひとつの円になっていた。Vの円に触れたくて精いっぱいのばしていることが不思議と伝わってくる筆致だった。張りつめた血管と筋線維が見えるかのようだ。それぞれの手は肘《ひじ》より先が描かれていて、その発端がぐるりとみっつめの外円をつくっている。

ペンキだった。Vの円はいつものスプレーだが、手はぜんぶペンキ。地面に転がっている青の缶のほか、緑色のペンキを犯人は持っていたのだろう。

モルオはじっと絵を眺めた。無意識に、手の数を数えた。十二本。うち一本の人差し指が、黄色の円から飛びだしたＶの右線に触れかけている。なぜかモルオは、こうして眺めていたら、やがてその人差し指がＶの線に届くんじゃないかという気がしてならなかった。

「おい！」と声がして我にかえった。目を吊《つ》り上げながら副島が大股《おおまた》でやってきた。何勝手なことしてんだバカヤロウ！　副島の後ろに応援の同僚たちと上司の交番所長、それと本部の刑事の姿があった。モルオはすみませんと平謝りをしてから事態を説明しようとし、コンビニで待たせている眼鏡の青年を思い出した。ぼけっとしてんじゃねえぞ！　ふたたび怒鳴ってから副島が迎えに行った。

「君――」背広の刑事が眉《まゆ》をひそめた。わかりやすい寝起きの顔だ。

「背中のそれは？」

「あ、犯人に吹きかけられたんです。たぶんスプレーだと思うんですが、自分では見えなくて」

やれやれとため息をつきながらスマホで撮ってくれた。見せられた自分の背には、赤いスプレーがこびりついていた。

二本の線が交叉した、Ｘ。もしくはバツか。

「おまえはクビって意味だろう」交番所長が不機嫌にいい捨てた。部下が襲われたと聞いて自宅から飛んできてくれた上司に、モルオはひたすら低頭で応じた。そうしながらも、目はシャッターの絵へ向かった。交番所長も刑事も、応援の同僚たちも、作業をしながら、なんとなく、そちらを見ている。

副島が戻ってきた。コンビニに青年はいなかった。ほどなく通報者として現場に連れてこられたパジャマ姿の男性は三十過ぎの茶色い髪の持ち主で、逆立ちしても、モルオが話した彼ではなかった。

3

〈それはきっと寺山《てらやま》ね〉

ベッドに寝転びながらモルオは、「寺山?」とスマホに鸚鵡《おうむ》返しをした。そう、寺山修司《しゅうじ》よ、と小鳩が得意げな調子でいった。

〈いくらモルくんでも知ってるでしょう? あの寺山よ、天井桟敷《さじき》の。『田園に死す』とか、『身捨つるほどの祖国はありや』の〉

あー、あれね、あの人ね、とモルオは返したけれど、ぼんやり聞いたことがある程度だった。

〈ぼんやり知っている程度といった反応ね〉

小鳩が鋭いのか自分の演技が下手なのか。たぶん両方だろうとモルオは観念した。

「おれに教養を求められても困るよ。警官が『身捨つるほどの祖国はありや』なんて唱えてたらカウンセリングに行ってこいと怒られかねないし」

〈いまも似たようなものじゃない〉

耳に痛いことをぽんぽんと投げてくる小鳩であった。

リサイクルショップの落書き事件から早三日、モルオは心身の回復を図るという名目で謹慎を仰せつかり、益体《やくたい》もない時間を独身寮で過ごしていた。たんなる懲罰ともいい切れなかった。モルオが襲われた時期にコロナウイルス入りスプレーなる武器をつくったとインターネットでつぶやいた馬鹿がいたのだ。けっきょくそれは今回の件と無関係で、科学的にも一般人がどうこうできる代物ではないと判明したが、万が一ということもある。精神的なダメージもあるでしょうし、ここはひとつ大事をとって有給で休ませてやりましょう――と、副島が交番所長を説き伏せた。週明けにモルオはＰＣＲ検査を受けさせられ、明日に出る結果を待っている状態だった。引きこもったまま消えていく休暇は虚《むな》しかったが、これが自分に科せられた懲罰なのだと納得するよりなかった。

〈精神的ダメージというのはあるの？　いちおう襲われたのはほんとなわけだし〉

「それがそうでもないんだ。実は昨晩、ちょっと町を歩いてみたんだけど」

謹慎のくせに？　と意地悪をいわれる。

「とくに怖いとか物音に過敏になってるとか、そういうのはなくてさ。自分の鈍感を初めて誇らしく思ったよ。それより、騙《だま》されたことのほうがきつい。人を見る目のなさを突きつけられた感じがして」

防犯カメラが、あの夜起こった出来事のほとんどを説明してくれた。午前二時過ぎ、フードの人物がやってくる。いつもひとりだったのが今回は仲間連れだ。ペンキの缶を両手に持った男。あの眼鏡の青年である。リサイクルショップの前に立つや、フードの人物はシャッターにスプレーを吹きかけた。迷いなく、円を描いた。前回もそうだった。いっさいの躊躇なく、スプレーを噴射したまま腕をぐるりとさせる。寸分の狂いもないきれいな円が出来上がる。そのさまに、ある種魔法のような痛快さをモルオは感じる。

スプレーを黄色から赤に持ち替え、今度は感情を叩《たた》きつけるようにVの字を吹きつける。

それが終わって、後ろで待っていた眼鏡の青年と場所を替わる。彼の手にはペンキ二缶と二本の刷毛《はけ》。ほんの一瞬、フードの人物が描いたVの落書きを見つめ、意を決したように刷毛をペンキに浸す。小さな身体をめいっぱい駆使して、まさに踊るように、青年はVの円に焦がれる十二本の手を描いてゆく。彼のペインティングを、フードの人物はしゃがんでじっと眺めている。

すると突然、ふたりが同時にぱっとカメラの向こうへ顔を向ける。商店街沿いのマンションからゴミ捨てのために出てきた住人が怪しい彼らに気づいたことに、彼ら自身も気がついたのだ。通報者の住人は慌ててマンションへ引っ込み、フードの人物が逃げようと立ち上がる。そのそばに眼鏡の青年が寄ってきて何かをまくし立てる。フードの人物が軽くうなずき、青いペンキを青年の足もとにぶちまける。バッシュで地面を踏んで公園のほうへ消える。残った青年は計画を確認するようにぶつくさ何やらつぶやいている。

この先は見たくない。間抜けな警官が、素人の撒《ま》いた餌にほいほい引っかかる姿など。

気づくチャンスはあったのだ。ふたりとも、このご時世にノーマスクという共通点をもっていたのだから。

なぜ、彼らはさっさと逃げず、面倒とリスクのある芝居をしたのか。答えはやはりカメラの映像に映っていた。通報者に見つかった時点で、眼鏡の青年はまだ手を十本しか描いていなかったのだ。モルオが公園のほうへ向かうのを待って、彼はコンビニへ行くことなく、すぐさま創作活動を再開した。数分で残りを描き終えるや作品をスマホで撮り、大急ぎで逃げだす。約三分後、ふたたび間抜けな警官が現れる。間抜けなフェイスペイント付きで。

〈すると不明なのはふたりの正体だけというわけか〉

関係性もね、とモルオは付け足す。捜査情報だからといっていちいち隠す気は失せていた。

「彼ら——声を聞くかぎりフードの人物も若い男だったけど、どうして彼らが、たかが落書きにあんな情熱をそそぐのか理解に苦しむよ」

〈モルくんにスプレーをかけたのも、時間稼ぎというより、あなたに落書きをしたかったからかもね〉

「それこそ意味不明だ」

恨みがあったとか？　恨まれるほど真面目に働いた憶《おぼ》えがないけど……。

「殴る蹴るよりは紳士的といえるのかな」

〈スプレーを目にかけられるほうが、わたしは嫌ですけどね〉

そのとおりだが、最近のカラースプレーはちょっと吹きかけられたくらいで失明するような心配はないらしい。暴力としてはまずまずささやかな部類にいれてもよいのじゃないか。

「で、この話のどこに寺山が関係するの？」

〈フードくんの台詞《せりふ》〉

「しよすて、まちえでよ？」

〈そう。寺山の有名な作品でしょ。『書を捨てよ、町へ出よう』〉

なるほど。相手は早口でこっちはパニックだった。多少の聞き間違いは誤差の範囲か。

しかし。

「なんで、そんな言葉をおれに？」

まさか教養のなさを嘲笑《あざわら》うためではあるまい。話しかけること自体がリスクだ。げんにモルオはそれで相手を男性だと知った。

〈わたしに訊かれましてもね〉とかいいつつ小鳩は、べつに意味なんてないんじゃない？　ちょっとカッコつけてみたかっただけで——などとそれらしい説明をした。なんとなく美大生って感じじゃない？　人に迷惑をかけるのがアートだと勘ちがいしてるタイプの。

小鳩は美術にも文学にも造詣《ぞうけい》があり、それゆえか芸術家の卵に手厳しいところがある。本人は嫉妬《しっと》だと認めているが、もっとなんというか、ふさわしくあれという苛立ちを、言動の端々から感じたりもする。我ながら、説明し難い直感なのだが。

〈でも役得よね、タダで検査を受けられて〉

「こってり絞られた見返りとしては物足りないけど……」

〈ほら、ちょっと前ぐらいからお店の入り口に検温機を置いてるとこが増えたでしょ？　スマホアプリとか。どれくらい効果があるかはともかく、正直、ウチにもつけてほしいって思う。というか、ぶっちゃけ、みんな検査しろって思う〉

わたしの職場もさ、そう簡単に休めないじゃない？　歯痛って気力で耐えられるものじゃないからさ。じっさいいるらしいのよ。外へ出て感染するのが怖くて虫歯を我慢する人。正露丸《せいろがん》を詰めたりしてね。そんなの気休めにしかならないのにね。わたしのとこにも自分が陽性かもしれないからって治療を休んでたおばあちゃんがいたの。そんなの、コロナで心肺停止になるより先に痛みで頭が変になっちゃうよって、だから遠慮せずきてくださいっていったんだけど、施術の準備でその人の口の中をのぞいたとき、その喉《のど》の奥がずうっと深い穴のように見えたのね。当然だけど、動いてる。生きているの。吸ったり吐いたりしてるわけ。何か、怖いと思った。穴の底に吸い込まれていくもの、穴の底から吐きだされるもの。わたしがそれを吸い込んで、わたしの息が吸い込まれる。不思議ね。いままで一度も、そんなふうに考えたことなんかないのに。

〈モルくんはいいね、休めてさ〉

そうだね、と返し、ふいにモルオは、自分が黒いもやに包まれる気配を感じた。もやというか、もっと粘っこい軟体動物の触手だ。絡みつく蜘蛛の糸、腐りかけた血管……。

話題は温泉旅行の計画に移った。たぶん年明けには外国の優秀な企業がワクチンを開発するでしょう。多少お高くとも春先にはいきわたるんじゃなかろうか。どうせならパーッと遠くへ行こうか。城崎《きのさき》、湯布院《ゆふいん》、海外という手もある。望ましい未来をめぐって花が咲く。

翌日、モルオが検査を受けた市民病院で二十名におよぶ集団感染が発生したと朝一番のニュースが報じた。

4

陰性だったにもかかわらず、もう三日ほど大事をとることになった。再検査しろというのだ。調べてもらった病院で集団感染があったのだから当然といえば当然かもしれない。だがいいかげん、退屈がつらかった。ゲームをやる習慣はなかったし、映画や漫画にも限度がある。自分は思った以上に仕事人間だったらしい。たんなる無趣味のつまらない男ともいえそうだったが。

ベッドでまどろんでいると、ときおり妄想に襲われた。自分にまとわりつく触手のような、糸のような、血管のような何か。そして目の前に広がる暗い穴。真っ暗なくせに、生き生きと胎動している。吐きだされるもの、吸い込まれるもの。

目を覚ますと汗だくで、身体が熱い。まさか発症したのかと不安になった。疑心暗鬼は狭い独身寮の一室にも向けられた。ここにコロナウイルスがいるとして、すると引きこもっている自分はそれを延々と吸って吐いてを繰り返し、ウイルスの再生産に寄与しているのではないか。やがて菌はスペシウムな進化を遂げるかもしれない。窓を開ける。冷たい風が吹き込んでくる。このままでは風邪をひく。しかし暖房をつけるのは、何か、馬鹿げている。モルオはダウンジャケットを着込んだ。空気を入れ替えるあいだ外へ出るのがもっとも安全にちがいない。そんなふうにいい聞かせてマスクをつけた。

昼過ぎだった。平日だ。ふだん会社員がこぞって昼食へ繰りだしてくる時刻、しかし驚くほど町は静かだった。人がいないのだ。買い物のおばちゃんも、日向《ひなた》ぼっこのじいさんも。寮の近くには幼稚園がある。なのに遊び声も泣き声も全力で歌う童謡も聞こえてこない。モルオはポケットに両手を突っ込んで歩いた。ビル街を横目に進んだ。ちょっと近所を一周。ウォーキングとも呼べない散歩のつもりが、足が止まらなくなった。このまま誰もいない町から誰もいない部屋へ戻るのが、ひどく耐え難いことのように思えた。進む先には線路の高架が構え、それをくぐると間もなく商店街の入り口があり、その手前で役所のアナウンスが響いた。コロナウイルスに警戒せよ。マスクをしろ。出歩くな！　外出自粛要請は時間の問題だとニュースは報じていた。要請が命令に変わる日も近いのではないか。この町にかぎった話じゃない。全国津々浦々でおなじ警告が発せられている。海の向こうじゃ一日なん十万人という人々がこの未知の疫病に感染しけっこうな割合で死んでいる。日本はマシだ。経済を止めるほうが悲惨なくらいだ。いや、日本だっていつ指数関数的に死者が膨れ上がるか知れたものじゃない。政府はもっとリーダーシップを発揮すべきだ。いや気にしすぎだ、おびえすぎだ、まさにポピュリズムだ。スペシウムコロナなんて噓っぱち。じっさい二回の集団感染に遭った人々のほとんどが無事に退院している。だが亡くなった人もいる。

くぐったばかりの高架の上を電車が駆け抜ける。建売住宅の庭先に三輪車が転がっている。ホースの先からこぼれた水が道路を濡《ぬ》らす。クラクションさえ聞こえない町の片隅で自分の足音がまるであとをつけてくるように耳を打つ。熱だ。コロナの症状なのか。いま自分はひと呼吸するごとにガーゼの網目をかいくぐるスペシウムコロナウイルスを世間にまき散らしているのだろうか。謹慎なのに外へ出てしまった。出くわした誰かが感染し、あまつさえ亡くなりでもしようものなら罪悪感に苛《さいな》まれるだろうか。推定無罪は通じるだろうか。

アーケードの中に踏み入って、モルオはぎょっと立ち止まった。人だかりがあったのだ。七、八人の、年齢も服装もばらばらな男女であった。商店街で店をやっている男がいた。見憶えのないカップルがいた。彼らはみな、おなじ方向を向いていた。視線はパン屋の主人の背中に集まっていた。パン屋は開いていなかった。シャッターが下りていた。例のVの落書きがしっかり残っていた。主人はそれと対峙《たいじ》し、とつぜんばっと切りつけるように腕をふった。落書きの横に紫色の線が加わった。主人は刷毛を紫色のペンキ缶に戻し、今度は黄緑色の缶に差さっている刷毛をつかみ、また腕をふった。線が加わった。すでにVの落書きの周りには主人の手によると思われる幾何学的な模様がたっぷりと描かれていた。集まった人々は腕を組んだりスマホを向けたりしながら彼のライブペインティングを眺めているのだった。パン屋の主人の足もとには六つほど色のちがうペンキ缶が置いてあり、すべての色がVの落書きを彩っていた。

これは、いったいどうしたことかと、モルオはそばの老人に尋ねた。老人は邪魔するなといいたげに顔をしかめ、見たらわかるだろう、と冷たくいい放った。わからないから訊いたのだ。落書きをされた自分の店のシャッターに落書きを足している。しかしきっと、それはなんの説明にもなっていない。パン屋は営業してないんですか。してるもんか。パン屋だけじゃない。商店街の小《ち》っさな店は軒並みダウンだ。客がいないいんだ。みんな外に出ないんだ。自転車の宅配で済んじまうからな。

面倒くさげに老人はつづけた。ジリ貧なんだ。座して廃業を待つだけなんだ。なら少しでも可能性に賭《か》けるほうがマシだろう? 元気なうちに動くほうがいいだろう? シャッターの落書きに色を足す、それを話題にして人を呼ぶ——そんな意見が誰からともなく出て、パン屋の主人が実行に移したのが三日前。憶えはあった。美容室のパーマの女性が似たようなアイディアを口にしていた。だが、下りたシャッターが話題になっても商売に関係ないとモルオは思い、彼女も同意してくれた。

げんに人は集まっている。しかしパン屋は開いていない。路面に置かれたテーブルに、包装されたパンがいちおうならんではいるけれど、「全品百円！」の貼り紙もあるけれど、けれど肝心の店主は汗だくで刷毛をふるうのに夢中になって、そちらをふり返りもしない。代金を入れるクッキー缶が無造作に、ぽつねんと次の硬貨を待っている。これを商売と呼べるのか。これが金儲《かねもう》けのあるべき姿といえるのか。

モルオが煩悶《はんもん》するあいだも、パン屋の主人はシャッターをカラフルに色付けしてゆく。じっと出来映えを眺め、決断をくだして次の色を選び腕をふるう。素人なりの繊細さと素人ゆえの荒々しさで次々と新たな線が刻まれる。祝福のように。

モルオはその場を離れた。めまいを覚えた。よくない気がした。これはよくない。

半ば予想どおり、ほかにも人だかりができていた。美容室の前だった。モルオの視界が刷毛をふるう女性の腕を捉えた。パーマの後頭部も見えた。色とりどりのペンキは、パン屋の主人に比べるとまだしも具体的だった。花だ。Vの落書きの周りに、いくつもの花が咲きはじめている。パン屋とちがい路面には理髪台もパーマ機も、ハサミの一本も置かれていない。

モルオは立ち止まることなく商店街を進んだ。食堂のシャッターが下りている。文房具屋のシャッターも下りている。気がつくとどこもかしこもシャッターだらけだ。パチンコ屋だけが営業していた。しかし駐輪場は空っぽだった。

分かれ道にたどり着いたモルオは北へ向かう道を行った。右手の店からかっぽう着の女性が、左手の不動産屋からスーツの男性が出てくる。ペンキを携えている。すでにもう、いくつかの店の前では従業員とおぼしき者たちが刷毛をふるっている。そこにみずからＶの落書きを描いてゆく。

モルオは頭痛を覚えた。もう嫌だという気がした。思考が混濁する。パン屋が叩きつける幾何学的な線やパーマの女性が描く花びら。そしていま、左右の店舗で自分たちのシャッターにペンキを浴びせている人々。お手製のＶの字、Ｖの字、Ｖの字……。

リサイクルショップの前で、モルオは立ちすくんだ。Ｖの字と十二本の手が描かれたシャッターの前に、かつて青いペンキがまき散らされたその地面に、色とりどりのペンキ缶が置かれているのだ。それぞれに刷毛が一本ずつ差さっている。その小さな缶が、十や二十ではきかない数が、どうぞご自由にとでもいうように無造作にならべてあるのだ。突っ立って落書きを見つめる者がいた。やってきて立ち止まる者もいた。顔見知りがいて、初対面の者がいる。熱心に落書きを眺めつつ、ふいに誰かがペンキ缶を拾ってゆく。数分後、どこかのシャッターに色が付く。きっとここにあった缶を使ってパン屋も美容室のパーマの女性もかっぽう着の女性も不動産屋のスーツの男性も自分のシャッターにペンキを塗ったくっているのだろう。

リサイクルショップの勝手口から店主がおもむろに現れた。この店ひと筋うん十年という白髪の男はモルオもよく知っていた。人望のある篤志家で、非行少年の保護司をつとめることもあるような人物だった。

いかにも普段着という出《い》で立ちで、白髪の店主は地面のペンキ缶をにらむように見回した。こんにちは、とモルオは声をかけた。だが気づいた様子はなかった。マスクをしているせいかもしれない。距離があったせいかもしれない。見物人のあいだを縫って近寄ったモルオの前で、店主が、缶のひとつに手を突っ込んだ。オレンジ色のペンキであった。驚く間もなくシャッターに、十二本の手がのびているその周辺に、ばん、と店主は張り手を食らわせた。場所を変え、何度かおなじように叩いた。オレンジの手形ができ、つづけて店主はコバルトブルーのペンキに手を突っ込んだ。またシャッターにビンタをする。オレンジとコバルトブルーが混じった色の手形ができる。またちがう色に手を突っ込む。色が混じって、元の色味は失われている。ビンタ、ビンタ、ビンタ。Vの字の円の周りを取り囲む十二本の手を手形が取り囲んでゆく。ばん、ばん、ばん。

「何をしているんです?」棘《とげ》のある口調になった。それでも店主は一心不乱にビンタをつづけた。モルオは耐えきれなくなって彼の肩に手を置いた。力がこもった。

「何をしているんですかっ」

店主が、ぽかんとモルオを見た。しかしマスクをしてるから、ほんとうにぽかんとしているかはよくわからなかった。

「何を？」と店主は、自分に確認するように繰り返した。「見て、わからないか」

わかりません、とモルオは返した。正直、まったくわからないのだ。

「君は、交番の子だな」

「ええ、そうです」

「すると、わたしは何か犯罪をしてるのかね」

モルオは言葉に詰まった。自分の店のシャッターにペンキのついた手でビンタをする。たしかにそれは、まったく犯罪ではなさそうだった。人が集まるのはよろしくない。けれどスナックより商店街のほうが密じゃない。ライブハウスと比べたって広いだろう。みんなマスクもしている。

「……商店街の共有部に、ペンキの缶をならべるのは、たぶん、何か問題があると思います」

本質的でなかった。これはまったく、本質的じゃない。

「苦情があったのか」心底教えてほしいといった様子で訊かれ、いいえ、ちがいますとモルオは応じるほかなかった。

「ですが、おかしいです。これは何か、おかしいです」

「そうかな。考えすぎだと思うがね。ほら、みんな楽しそうにしてるじゃないか。見物人もどんどん増えてる。町の外からもきてる。県外からも」

さびれゆく商店街の町おこしみたいなものさと、店主は目を見開いてモルオを凝視し語ったけれど、しかし店のシャッターを下ろし、商品をならべることもせず、町おこしもくそもないではないか。

「いったい——」モルオは額に手を当てた。頭痛がする。いったい何がしたいんです？　このペンキを用意したのはあなたですか？　それとも商店街の役員会？　それとも——。

げほっとモルオは咳《せき》をした。そのせいで言葉をつなげなかった。店主が眉をひそめた。非難するような目つきに見えた。背後にいる見物人たちからも非難を感じた。気のせいだ。そう思ったが、気のせいだという保証はどこにもないのだった。

「さあ、もういいだろう。犯罪でないならほっといてくれ。わたしはわたしの、したいようにしているだけなんだから」

苦情があったらその人を連れてきてくれたらいい。わたしから、ちゃんと説明するから。いや、ちがうんだ。説明は、いまここでしてほしいのだ。けれどモルオは声をだすのが怖かった。咳が出てしまうんじゃないかと、きっと咳が出るにちがいないと、そう思わずにいられなかった。

パシャっと背後からカメラの音がした。ふり返ると見物人の幾人かがスマホをモルオへ向けていた。バン、と音がした。店主がビンタを再開したのだった。カシャ、カシャ、バン、バン、バン。何度も何度も、店主はビンタをし、色を重ね、見物人は写真を撮った。やがて店主の息があがりはじめた。若くもないのに夥《おびただ》しいビンタを繰り返しているのだから無理もなかった。店主がマスクをかなぐり捨てた。そして全力のビンタを放った。見物人から「いよっ！」と掛け声がした。いよっ！　いよっ！　バン！　バン！　いよっ！　いよっ！　バン！　バン！　店主の背中から湯気が立ち上っているかに見えた。ふらつくたび踏ん張って、ビンタをするのだ。色を変え、隙間という隙間に次の手形が押されていくのだ。いよっ！　いよっ！　バン！　バン！　ざわめく熱気に唾と汗が飛び散った。いよっ！　いよっ！　バン！　バン！　店主は苦しそうだった。疲労にあえいでいた。なのにそれをギラつく目で抑え込み、口もとに、たしかな充実がにじんでいた。

よろめきながら人垣を抜け、モルオはその場を離れた。力いっぱい背を丸めた。ダウンジャケットの内側が汗で濡れ、風が吹き、寒気を覚えた。咳を無理やりのみ込んだ。

スマホが鳴った。ねえモルくんいま話せる？　小鳩が跳ねるような声でつづけた。あの絵、モルくんが話してくれた例の落書き、ネットでバズってるみたいだよ。黄色い円に赤いＶの字。《Ｖの紋章》で調べてみなよ。いろんな説がささやかれてるの。ウイルスのＶだとかビクトリーのＶだとかビジターのＶだとかビジランテのＶだとか。

モルオは立ち止まり壁に肩をあずけた。通話をいったん放置し、スマホで検索をした。ＳＮＳにアップされている画像が次々にヒットした。ついさっき目にしたＶの落書きがいくつもいくつも、さまざまな人の手によって撮影され世の中に発信されているのだった。Ｖの乱れ打ちに頭痛がいっそうひどくなる。幾何学模様、花畑、手のひらの乱れ打ち……。次の瞬間、意識がはっと我にかえった。初めて見るVの落書きがあったのだ。リサイクルショップでも美容室でもパン屋でもない場所に描かれた、犯人たちのオリジナルの落書きだ。ふだん総菜をつくったり事務手続きをしている人たちが戯れに描いたものとはわけがちがう、迷いのない線、完璧《かんぺき》な円。描かれている場所には憶えがあった。この町だ。自分がふだんから警邏で通り過ぎているあの風景だ。モータープールの壁、高架のトンネル、そして古びた民家の――。

モルオは反射のように踵《きびす》を返した。どす黒い予感に急《せ》き立てられるまま来た道を戻った。足がもつれた。それでも必死に地面を蹴った。

ねえモルくん聞いてる？　小鳩の、しびれを切らした声がする。ねえ聞いて。じつはウチでも濃厚接触者認定された子が出たの。二週間も休むのよ。ふだんからマスクも適当で合コンもしてるようなだらしない子なの。ふざけんなって話じゃない？

不動産屋を過ぎ文房具屋を過ぎ美容室が見えた。人だかりは減っていない。ライブペインティングはつづいている。そのシャッターに艶《あで》やかな花園が出来上がっている。

ひどいでしょ？　ようするにその子のぶんの仕事がこっちにまわってくるわけなのよ。なんでてめえの不始末にわたしがてんやわんやしなくちゃいけないんだよ。マスクなんて気持ちです？　当たるも八卦《はっけ》当たらぬも八卦？　なめてんのかくそ野郎。人の迷惑考えろっつーんだよゴミめ。マスクしないなら罹《かか》るんじゃねえ。罹っても病院なんか行くんじゃねえ。這《は》ってでも仕事しろ。それか死ねくそが。

商店街の南の端でパン屋の主人が盛大に腕をふるっている。汗だくで線を連ね幾何学模様でキャンバスを埋めている。

モルくん、聞いてる？

モルオは咳をした。モルくん？　と心配そうな声がした。大丈夫とモルオは返した。大丈夫だよ。電波越しじゃあさすがにうつらないだろうから。たとえスペシウムコロナウイルスだったとしても。モルオは通話を切った。電源を切った。商店街を抜けた。高架沿いをさらに南下していった。やがてそれに出くわした。高架のトンネルになった壁に描かれたＶの落書き。人だかり。ペンキでその周辺にさまざまな絵を描き足している人々を横目にモルオはさらに南下した。途中で角を折れるとモータープールがあった。モルオはもう、そちらを見ることもしなかった。熱い人いきれをかすめつつ前へ進んだ。

たどり着いた場所に野次馬はいなかった。当たり前だった。この民家に描かれたＶの落書きは外からは見えないところにあるのだ。「遠藤」の表札が掲げられた門塀の裏側、盆栽が置かれた石の壁。そこに大きくＶの文字。

モルオはチャイムを押した。返事はなかった。ドアノブを回した。するっと開いた。三和土《たたき》に立って呼びかけた。遠藤さん！　返事はなかった。遠藤さん！　モルオはマスクを外して叫んだ。入りますよ、遠藤さん！　二階にも届く声だった。込み上げてくる咳をこらえた。

靴を脱いで居間をのぞいて、台所をのぞいて、風呂場《ふろば》と便所をのぞいていった。もう二階に上がるしかなかった。木の階段を踏んでゆく。三部屋あった。ひとつは客間で空っぽだった。そのとなりをノックした。返事はなく、モルオは開けた。引きこもっているお孫さんの部屋だとわかった。部屋の中は寝る場所もないくらい、そこらじゅうにキャンバスが立てかけてあった。それぞれに絵が描かれていた。カラースプレーを吹きつけた奇妙な絵だ。奇妙としか形容できない絵だ。奇妙なのだ。

見上げると、天井に大きなVの落書き。

モルオはそこを出てとなりの部屋の戸を引いた。年金で孫を養い盆栽と週に一回の葉巻が生き甲斐という老婆が畳の布団に寝ていた。肉はもう腐っていた。蛆《うじ》がわき蠅がたかっていた。きっとものすごい臭いのはずだ。なのにモルオはなぜかそれを感じないままじっと老婆の遺体を見下ろした。そして黒いスプレーで布団に描かれた「X」の文字に向かって、遠慮なく咳をした。

5

えーっと、こういうの苦手なんで短くします。簡単にいうと、こないだばあちゃんが死んで、人生詰んだなって思ってたら、世の中もけっこうヤバい感じになってて。

おれは、絵を描くしか能がない人間で。学校とかバイトとか、ほんとに無理で。出来損ないの部品って感じ。不愉快だし、不愉快にさせちゃうし。

だけどいま、人がいなくなってるって知って、ここにいても仕方がないし、だから出てみようかなって。

えっと、これを観てる人、もし部屋にこもってる奴いたら、けっこういいよ、外。無人の街。終わってく世界の空気。公園のベンチで寝るの、ちょっとこの季節、マジで死にかけるけど。

でもこんな生活になってから、初めておれは、生きてるって気がしてるんだ。

あの、たぶん、もうすぐこの世界は壊れるっぽいです。だからまあ、死ぬとかも、わりとどうでもいいのかな。残り時間、おれは好きにやるつもりだし、だからみんなも、

死を捨てて、街へ出よ。

6

その動画はモルオが遠藤さんの遺体を発見した日のうちにSNSで配信された。画面の中でしゃべるフードの彼を、かつて見かけた遠藤さんの孫に似てると近所の住人が証言した。母親はずいぶん前に家を出ていて、父親のほうも所在がわからなくなっている。引き取るかたちで遠藤さんが養っていたという。

アップロードしたアカウントは都内在住の美大生のものだった。モルオを騙したあの眼鏡の青年だ。彼はVの落書きを自分のSNSで精力的に紹介し、そして呼びかけていた。君たちも観にこいよ、そして参加しないか、この運動に。この運動——つまりそれがペンキによる絵の継ぎ足しだった。いわば彼はVの落書きの信奉者であり、拡散者だった。

自分の行動の経緯《いきさつ》を、眼鏡の彼はおなじアカウントの投稿動画で吐露していた。こんなご時世で生きているのが面倒になった。コロナに罹って病院かホテルで寝転んでるほうがマシだと思った。噂のスペシウムコロナに罹って話題《とき》の人になるも良し。やけっぱちで訪れたこの町でフードの彼に出会った。Vの落書きを描く瞬間に出くわした。内臓をえぐられる衝撃だった。感動だった。彼の絵にほとばしる生命の躍動。気づくと懇願していた。自分も手伝わせてくれ、君のVを彩らせてくれ。リスペクトだ。彼と、彼が描く生命＝Ｖｉｔａｌ《バイタル》に対する賞賛。世界に生きた証《あかし》を刻む、そのパワーこそが生命なんだ。科学も言葉も偽物だ。立ち上がれ！　死を恐れるな、囚われるな。どうせ死ぬ。おまえも死ぬ、おれも死ぬ。だからこそ死を捨てよ。死を捨てるとは、生を選ぶことなんだ。燃やせ。全身全霊で細胞を、真っ赤な血潮でたぎらせて！

動画に付いたレスポンスの九十九パーセントは非難、中傷、嘲笑《ちょうしょう》だったが、一部そのアジテーションに興味を示す者もいた。彼らの活動をおもしろがる人々がいた。支持者たちはやがてこんなふうにいいだした。Vの落書きは芸術である。芸術は精神の高揚を喚起する。高揚の正体は脳に分泌されるアドレナリンで、アドレナリンの心機能亢進《こうしん》作用は細胞を活性化する。免疫系が強くなる。コロナの蔓延は、だらだらと収束しない原因は、高揚の不足じゃないか。世界中で、幸福な高揚が、足りなくなっているんじゃないか……。

交番を出て、モルオはふと空を仰いだ。真っ青な、雲ひとつない快晴だった。

遺体発見後、再検査を待たずにモルオは職場復帰を命じられた。人手不足のせいだった。突然の休職願をだした副島からその日の夜に電話があった。ぜったいマスコミは報じないだろうから教えてやるよと切りだして、彼は熱っぽくささやいた。遠藤のばあさんな、スペシウムコロナがさらに強力進化したスペシウムコロナ＝Ｒ２で死んだらしいぞ。

商店街へモルオは歩いた。高架をくぐった。ついさっき機動隊が出動し、交番は待機を命じられていたから、これは明白な規則違反だったけれど、しかしもう、この程度のことでモルオを叱れる者などいない。

遠藤さんの遺体は死後一週間以上が経っていた。死因はよくわかっていない。副島の主張が正しくて、彼女がスペシウムコロナ＝Ｒ２で死んだのだとして、それを下っ端のモルオが知るのはだいぶ先のことだろう。

私用のスマホが鳴った。交番を出る前にも鳴った。どちらも小鳩からのメッセージだった。一通目の内容で、モルオは交番を出たのだった。『わたしも向かってる』

届いた二通目にはこうあった。『もう着いてるよ』

文末に、カラフルなVの絵文字が張り付いている。

モルオは歩く。ずんずん進む。季節を無視する熱い陽が照っていた。アーケードの下にはまたちがう熱が立ち込めていた。人々の群れだ。パン屋のほうからぞろぞろと、老若男女関わりなく、晴れやかな表情でうきうきと、色とりどりに塗ったくられたアーケードの道をやってくる。花びらに埋まったシャッターの前を横切って、銀河を思わせる地面のペンキを踏み散らし、そこらじゅうにあふれるVの落書きにいざなわれた群衆の列は、十二本の手の落書きのさらに奥までつづいている。

みな、手にペンキ缶を携えている。刷毛を握っている。おもむろに地面へそれをまき散らし、壁にひと筆を加える。次々と色が増えてゆく。互いの顔や身体に色を付け合っている者がいる。見知らぬ誰かに色付けを頼み、いっしょに写真を撮ったりしている。誰も咎めない。笑顔にあふれている。それがはっきりと目に映る。誰もマスクをしていないから。

人々の数はますますふくらむ。あちこちの横道からどんどん増える。ざわめきが歓声へとうねる。モルオはそのなかを行く。人の列が蠢いている。その流れからモルオが脱するすべはない。塊となった運動体は行進とともに息を吐き、吸い込んで、また吐くを繰り返す。彼らが命を軽んじているのか重んじているのか、それすらモルオにはよくわからない。

しかしこの光景に、いったいなんという法律を当てはめたら、おれたちは取り締まれるのだろう。

そんなことを思いながらモルオは人波を縫った。小鳩はこの先にいる。感染した同僚を悪しざまに罵《ののし》っていた彼女がどうしてここにいるのか。何を思ってここへ来ようと決めたのか。なんと声をかけたなら、連れ戻せるのか。ほんとうに連れ戻すべきなのか。モルオには何ひとつわからない。

ただ、このあふれる人ごみのなかで、顔を合わせた瞬間、ふたりは言葉も交わさず抱き合うだろう。そのとき自分は肉体で、彼女の温度と息づかいを感じるだろう。

商店街を抜けた先、コンビニのさらに向こう、市庁舎のある広場にはペンキまみれの人々がぎゅうぎゅうに押しかけていて、モルオは進めなくなった。想定外の群衆に警察の規制は破綻《はたん》し、現場の者たちは職務放棄の半笑いを浮かべながらみなといっしょに上空へ目を向けている。

高くそびえる時計塔。その作業用の屋上に、集え！　と呼びかけた男ふたりの姿があった。下からトラメガで呼びかけているのは県警の専門家だろうけど、彼の言葉が届くとは思えなかった。しょせんマスクをしている人間の声なんて。

眼鏡の青年が作業台の上からペンキを撒いた。その横でフードの男が精いっぱいに背伸びをし、文字盤を覆うガラスにスプレーを吹きつける。猛るVのその赤色は、ガラスの上をわずかに滑り、幾筋か、じっと下へ垂れている。

初出

素敵な圧迫
「小説現代　二〇一八年九月号」
ミリオンダラー・レイン
「小説幻冬　二〇一七年十一月号」
論リー・チャップリン
「小説すばる　二〇一八年九月号」
パノラマ・マシン
「小説現代　特別編集　二〇一九年十月号　乱歩賞特集」
ダニエル・《ハングマン》・ジャービスの処刑について
書き下ろし
Vに捧げる行進
『警官の道』ＫＡＤＯＫＡＷＡ　二〇二一年十二月

呉 勝浩（ご　かつひろ）
1981年青森県生まれ。大阪芸術大学映像学科卒業。2015年に『道徳の時間』で第61回江戸川乱歩賞を受賞し、デビュー。18年に『白い衝動』で第20回大藪春彦賞、20年に『スワン』で第41回吉川英治文学新人賞、第73回日本推理作家協会賞（長編および連作短編集部門）を受賞。22年に『爆弾』で『このミステリーがすごい！　2023年版』国内編と「ミステリが読みたい！　2023年版」国内篇で第１位を獲得し、23年に同作で本屋大賞ノミネート。他の作品に『ライオン・ブルー』『おれたちの歌をうたえ』など。

素敵《すてき》な圧迫《あつぱく》

2023年８月30日　初版発行

著者／呉《ご》 勝浩《かつひろ》

発行者／山下直久

発行／株式会社KADOKAWA
〒102-8177　東京都千代田区富士見2-13-3
電話　0570-002-301（ナビダイヤル）

印刷所／旭印刷株式会社

製本所／本間製本株式会社

●お問い合わせ
https://www.kadokawa.co.jp/（「お問い合わせ」へお進みください）
※内容によっては、お答えできない場合があります。
※サポートは日本国内のみとさせていただきます。
※Japanese text only

定価はカバーに表示してあります。

ISBN 978-4-04-113860-1　C0093